1 MONTH OF
FREE
READING

at

www.ForgottenBooks.com

By purchasing this book you are eligible for one month membership to ForgottenBooks.com, giving you unlimited access to our entire collection of over 1,000,000 titles via our web site and mobile apps.

To claim your free month visit:

www.forgottenbooks.com/free450648

ISBN 978-0-266-37229-5
PIBN 10450648

This book is a reproduction of an important historical work. Forgotten Books uses state-of-the-art technology to digitally reconstruct the work, preserving the original format whilst repairing imperfections present in the aged copy. In rare cases, an imperfection in the original, such as a blemish or missing page, may be replicated in our edition. We do, however, repair the vast majority of imperfections successfully; any imperfections that remain are intentionally left to preserve the state of such historical works.

TARTARIN DE TARASCON

PAR

ALPHONSE DAUDET

EDITED WITH NOTES AND VOCABULARY

BY

C. FONTAINE, B. ès L., L. en D.,

CHAIRMAN OF THE FRENCH DEPARTMENT
IN THE HIGH SCHOOL OF COMMERCE, NEW YORK

NEW YORK ·:· CINCINNATI ·:· CHICAGO
AMERICAN BOOK COMPANY

INTRODUCTION

ALPHONSE DAUDET was born at Nimes, May 13, 1840. His parents were poor and his home, consequently, often the scene of hard and long struggles to gain a livelihood; struggles which, though he hardly understood them then, recalled later on, probably found place in those descriptions of the life of the working class which are almost painful in their realism and pathos. By some happy chance, however, he entered the Lycée of Lyons where he received a good classical education. At the completion of his course there, though very young and inexperienced, he obtained a position as usher in a small college of Alais. He tells us himself in his autobiographical romance *Le Petit Chose*, of all the small hardships and trials which he had to suffer at the mercy of his pupils and superiors. He remained there only till 1857, when, urged by ambition, he resolved to try his chance in the literary world, and went to Paris. Though not long after his arrival in the great city he had the good fortune to win for himself the protection and good-will of Mr. de Morny, a man very influential at the court of Napoleon III., and gained some renown with his first volume of poetry *Les Amoureuses,* his first steps in the literary career were hard and slow, and it was not till about ten years afterwards, when he charmed Paris with his *Lettres de mon Moulin,* that his talent was recognized and acknowledged. But to him those years were by no means lost time, for he saw, heard and observed much, which he utilized years

afterwards. Like many others, he thought his way to success would be facilitated by social intercourse. His natural timidity and the consciousness of his insignificance
and poverty were drawbacks at first, but these once over-
come, his curiosity led him everywhere. So it was that
the first few years that he was in Paris, he spent going
from place to place, observing, judging and ever ready
to criticize and mock at or pity.

His literary career, properly speaking, began but in
1866 with his *Lettres de mon Moulin* which, for the most
part, are Provençal legends, fancies, and sketches of
modern Paris, all treated with exquisite art and grace.
Lettres à un Absent (1871) came next, followed by
Contes du Lundi and then his famous *Tartarin de Tarascon*. In this, of all his other books, Daudet gives free
play to the gay, light-hearted *Méridional* that he could
well be at times. He recalled souvenirs of childhood,
typical characters of his sunny South, with whom he had
occasion to come in contact, and out of all of these
modeled his hero. In him he personified all the little
faults and failings of his countrymen, so adroitly blended
with their good and estimable traits, however, that Tartarin appeals to every one. Most of his writings thus
far had been short and light, but in 1874 with the publica-
tion of *Fromont Jeune et Risler Aîné*, soon followed by
Jack (1876), *Le Nabab* (1877), he proved his power as
a novelist and a thinker of greater depth. The general
tone of these books is that of sadness, and yet, even so,
there is an undercurrent of humor and delicate irony
which Daudet never completely threw off. Among his
other works are *Les Rois en Exil* (1879), *Numa Rou-
mestan* (1881), *L'Évangéliste* (1883), *Sapho* (1884),
Tartarin sur les Alpes (1885), *L'Immortel, Souvenirs
n Homme de Lettres, Trente Ans de Paris, A travers*

ma Vie et mes Livres, and *Port Tarascon,* all of which appeared in 1888 and 1889. *La petite Paroisse* and *Rose et Ninette* were published a few years later. He also wrote several plays which were rather unsuccessful. Some of them are, *La Lutte pour la Vie, L'Obstacle,* and *L'Arlésienne.*

Daudet died December 16, 1897, after several years of suffering.

This edition of *Tartarin de Tarascon* has been prepared with the needs of teachers and pupils always in view. All that did not seem suitable for the class room has been eliminated, and notes and a complete vocabulary containing all irregular forms of verbs have been added.

It is hoped that this most delightful of Daudet's stories will prove interesting as well as useful to pupils.

C. FONTAINE.

NEW YORK.

TARTARIN DE TARASCON

I

LE JARDIN DU BAOBAB

MA première visite à Tartarin de Tarascon est restée dans ma vie comme une date inoubliable; il y a douze ou quinze ans de cela, mais je m'en souviens mieux que d'hier. L'intrépide Tartarin habitait alors, à l'entrée de la
5 ville, la troisième maison à gauche sur le chemin d'Avignon. Jolie petite villa avec jardin devant, balcon derrière, des murs très blancs, des persiennes vertes, et sur la porte une nichée de petits Savoyards jouant à la marelle ou dormant au bon soleil, la tête sur leurs boîtes à
10 cirage.

Du dehors, la maison n'avait l'air de rien.

Jamais on ne se serait cru devant la demeure d'un héros. Mais quand on entrait, quelle différence!

De la cave au grenier, tout le bâtiment avait l'air hé-
15 roïque, même le jardin!...

O le jardin de Tartarin, il n'y en avait pas deux comme celui-là en Europe. Pas un arbre du pays, pas une fleur de France; rien que des plantes exotiques, des cotonniers,

---

1 *Tarascon*, a town of 10,000 inhabitants, is situated on the Rhône river about 50 miles north of Marseilles. — 3 *en* refers to *visite.* — 5 *Avignon*, an important town of Provence, was annexed to France in 1791. Until that time it belonged to the Holy See. It was the Pope's residence from 1309 to 1377. — 11 *n'avait l'air de rien* : see *rien.*

9

des cocotiers, des bananiers, des palmiers, un baobab, à se
croire en pleine Afrique centrale, à dix mille lieues de
Tarascon. Tout cela, bien entendu, n'était pas de
grandeur naturelle ; ainsi les cocotiers n'étaient guère plus
5 gros que des betteraves, et le baobab (*arbre géant, arbos
gigantea*) tenait à l'aise dans un pot de réséda ; mais c'est
égal ! pour Tarascon, c'était déjà bien joli, et les personnes de la ville, admises le dimanche à l'honneur de
contempler le baobab de Tartarin, s'en retournaient
10 pleines d'admiration.

Pensez quelle émotion je dus éprouver ce jour-là en
traversant ce jardin mirifique !... Ce fut bien autre
chose quand on m'introduisit dans le cabinet du héros.

Ce cabinet, une des curiosités de la ville, était au fond
15 du jardin, ouvrant de plain-pied sur le baobab par une
porte vitrée.

Imaginez-vous une grande salle tapissée de fusils et de
sabres, depuis en haut jusqu'en bas ; toutes les armes de
tous les pays du monde : carabines, rifles, tromblons, cou-
20 teaux corses, poignards, krish malais, flèches caraïbes,
flèches de silex, coups-de-poing, massues hottentotes, lazos mexicains, est-ce que je sais !

Par là-dessus, un grand soleil féroce qui faisait luire
l'acier des glaives et les crosses des armes à feu, comme
25 pour vous donner encore plus la chair de poule... Ce
qui rassurait un peu pourtant, c'était le bon air d'ordre
et de propreté qui régnait sur toutes ces armes. Tout y
était rangé, soigné, brossé, étiqueté comme dans une
pharmacie ; de loin en loin, un petit écriteau bonhomme
30 sur lequel on lisait :

Flèches empoisonnées, n'y touchez pas !

5 *arbos gigantea :* the Latin for *arbre géant.* — 12 *Ce fut bien autre
chose :* see *chose.* — 22 *est-ce que je sais :* see *savoir.* — 25 *pour vous
donner ... la chair de poule :* see *chair.*

Ou:

Armes chargées, méfiez-vous !

Sans ces écriteaux, jamais je n'aurais osé entrer.

Au milieu du cabinet, il y avait un guéridon. Sur le
5 guéridon, un flacon de rhum, une blague turque, les Voyages du capitaine Cook, les romans de Cooper, des récits
de chasse, chasse à l'ours, chasse au faucon, chasse à
l'éléphant, etc... Enfin, devant le guéridon, un homme
était assis, de quarante à quarante-cinq ans, petit, gros,
10 trapu, rougeaud, en bras de chemise, une forte barbe
courte et des yeux flamboyants ; d'une main il tenait un
livre, de l'autre il brandissait une énorme pipe à couvercle
de fer, et, tout en lisant je ne sais quel formidable récit
de chasseurs, il faisait, en avançant sa lèvre inférieure,
15 une moue terrible, qui donnait à sa brave figure de petit
rentier tarasconnais ce même caractère de férocité bonasse qui régnait dans toute la maison.

Cet homme, c'était Tartarin, Tartarin de Tarascon, l'intrépide, le grand, l'incomparable Tartarin de Tarascon.

II

COUP D'ŒIL GÉNÉRAL JETÉ SUR LA BONNE VILLE DE
TARASCON ; LES CHASSEURS DE CASQUETTES

20   Au temps dont je vous parle, Tartarin de Tarascon
n'était pas encore le Tartarin qu'il est aujourd'hui, le
grand Tartarin de Tarascon, si populaire dans tout le
midi de la France.   Pourtant — même à cette époque —
c'était déjà le roi de Tarascon.

6 *Cook*, a famous English navigator, was born in 1728 and killed in
1779 while exploring Hawaii. — *Cooper*, the well known American
novelist (1789-1851). — 10 *en bras de chemise* : see *chemise*.

Disons d'où lui venait cette royauté.

Vous saurez d'abord que là-bas tout le monde est chasseur.

Donc, tous les dimanches matin, Tarascon prend les
5 armes et sort de ses murs, le sac au dos, le fusil sur
l'épaule, avec des chiens, des furets, des cors de chasse.
C'est superbe à voir... Par malheur, le gibier manque,
il manque absolument.

Si bêtes que soient les bêtes, vous pensez bien qu'à la
10 longue elles ont fini par se méfier.

A cinq lieues autour de Tarascon, les terriers sont
vides, les nids abandonnés. Pas un merle, pas une caille,
pas le moindre lapereau.

Elles sont cependant bien tentantes, ces jolies colli-
15 nettes tarasconnaises, toutes parfumées de myrte, de lavande, de romarin; et ces beaux raisins muscats gonflés
de sucre, qui s'échelonnent au bord du Rhône, sont fort
appétissants aussi... Oui, mais il y a Tarascon derrière,
et dans le petit monde du poil et de la plume Tarascon
20 est très mal noté. Les oiseaux de passage eux-mêmes
l'ont marqué d'une grande croix sur leurs feuilles de
route, et quand les canards sauvages, descendant vers la
Camargue en longs triangles, aperçoivent de loin les clo-
chers de la ville, celui qui est en tête se met à crier bien
25 fort: « Voilà Tarascon!...voilà Tarascon!» et toute la
bande fait un crochet.

Bref, en fait de gibier, il ne reste plus dans le pays
qu'un vieux lièvre, échappé comme par miracle aux chasseurs tarasconnais et qui s'entête à vivre là! A Tarascon,
30 ce lièvre est très connu. On lui a donné un nom. Il s'ap-

---

17 *Rhône:* this river has its source in Switzerland at the foot of
Mount Saint-Gothard and empties into the Mediterranean.—21 *feuilles
de route:* see *route.* — 23 *Camargue:* an island, near the mouth of the
Rhône river, formed by the two principal branches of this stream.

pelle *le Rapide*. On sait qu'il a son gîte dans la terre de
M. Bompard, — ce qui, par parenthèse, a doublé et même
triplé le prix de cette terre, — mais on n'a pas encore pu
l'atteindre.

5   A l'heure qu'il est même, il n'y a plus que deux ou trois
enragés qui s'acharnent après lui.

Les autres en ont fait leur deuil, et *le Rapide* est passé
depuis longtemps à l'état de superstition locale, bien que
le Tarasconnais soit très peu superstitieux de sa nature.

10   Ah çà ! me direz-vous, puisque le gibier est si rare à
Tarascon, qu'est-ce que les chasseurs tarasconnais font
donc tous les dimanches ?

Ce qu'ils font ?

Eh mon Dieu ! ils s'en vont en pleine campagne, à deux
15 ou trois lieues de la ville.   Ils se réunissent par petits
groupes de cinq ou six, s'allongent tranquillement à l'ombre d'un puits, d'un vieux mur, d'un olivier, tirent de
leurs carniers un bon morceau de bœuf, des oignons crus,
quelques anchois, et commencent un déjeuner intermina-
20 ble, arrosé d'un de ces jolis vins du Rhône qui font rire
et qui font chanter.

Après quoi, quand on a bien mangé, on se lève, on sif-
fle les chiens, on arme les fusils, et on se met en chasse.
C'est à dire que chacun de ces messieurs prend sa cas-
25 quette, la jette en l'air de toutes ses forces, et la tire au
vol.

Celui qui met le plus souvent dans sa casquette est
proclamé roi de la chasse, et rentre le soir en triomphateur
à Tarascon, la casquette criblée au bout du fusil, au
30 milieu des aboiements et des fanfares.

Inutile de vous dire qu'il se fait dans la ville un grand
commerce de casquettes de chasse.   Il y a même des chapeliers qui vendent des casquettes trouées et déchirées d'a-

27 *met = tire.*

vance à l'usage des maladroits; mais on ne connaît guère que Bézuquet, le pharmacien, qui leur en achète. C'est déshonorant!

Comme chasseur de casquettes, Tartarin de Tarascon
5 n'avait pas son pareil. Tous les dimanches matin, il partait avec une casquette neuve: tous les dimanches soir, il revenait avec une loque. Dans la petite maison du baobab, les greniers étaient pleins de ces glorieux trophées. Aussi, tous les Tarasconnais le reconnaissent-ils pour leur
10 maître, et comme Tartarin savait à fond le code du chasseur, qu'il avait lu tous les traités, tous les manuels de toutes les chasses possible, depuis la chasse à la casquette jusqu'à la chasse au tigre, ces messieurs en avaient fait leur grand justicier cynégétique et le prenaient pour arbi-
15 tre dans toutes leurs discussions.

Tous les jours, de trois à quatre, chez l'armurier Coste-calde, on voyait un gros homme, grave et la pipe aux dents, assis sur un fauteuil de cuir vert, au milieu de la boutique pleine de chasseurs de casquettes, tous debout et
20 se chamaillant. C'était Tartarin de Tarascon qui rendait la justice, Nemrod doublé de Salomon.

III

SUITE DU COUP D'ŒIL GÉNÉRAL JETÉ SUR LA BONNE VILLE DE TARASCON

A LA passion de la chasse, la forte race tarasconnaise joint une autre passion: celle des romances. Toutes les

2 *leur en*: the former refers to *chapeliers*, the latter to *casquettes troutes*.—21 *Nemrod*: Nimrod, a mythological king of Chaldea, whose name has become a synonym for a skilful and indefatigable hunter.— *Salomon*: the son of David and the founder of the temple of Jerusalem; lived in the tenth century B.C.

vieilleries sentimentales qui jaunissent dans les plus vieux cartons on les retrouve à Tarascon en pleine jeunesse, en plein éclat. Elles y sont toutes, toutes. Chaque famille a la sienne, et dans la ville cela se sait. On sait, par
5 exemple, que celle du pharmacien Bézuquet, c'est:

Toi, blanche étoile que j'adore;

Celle de l'armurier Costecalde:

Veux-tu venir au pays des cabanes?

Et ainsi de suite pour tout Tarascon. Deux ou trois
10 fois par semaine, on se réunit les uns chez les autres et on se *les* chante. Ce qu'il y a de singulier, c'est que ce sont toujours les mêmes, et que, depuis si longtemps qu'ils se les chantent, ces braves Tarasconnais n'ont jamais envie d'en changer. On se les lègue dans les familles, de père
15 en fils, et personne n'y touche; c'est sacré. Jamais même on ne s'en emprunte. Jamais il ne viendrait à l'idée des Costecalde de chanter celle des Bézuquet, ni aux Bézuquet de chanter celle des Costecalde. Et pourtant vous pensez s'ils doivent les connaître depuis quarante ans
20 qu'ils se les chantent. Mais non! chacun garde la sienne et tout le monde est content.

Pour les romances comme pour les casquettes, le premier de la ville était encore Tartarin. Sa supériorité sur ses concitoyens consistait en ceci: Tartarin de Tarascon
25 n'avait pas la sienne. Il les avait toutes.

Toutes!

Seulement c'était difficile de les lui faire chanter. Revenu de bonne heure des succès de salon, le héro tarasconnais aimait bien mieux se plonger dans ses livres de
30 chasse ou passer sa soirée au cercle que de chanter devant un piano entre deux bougies. Ces parades musicales lui

11 *se*, "for each other"; *les* refers to *vieilleries sentimentales.*

semblaient au-dessous de lui... Quelquefois cependant,
quand il y avait de la musique à la pharmacie Bézuquet,
il entrait comme par hasard, et après s'être bien fait prier,
consentait à dire le grand duo de *Robert le Diable,* avec
5 madame Bézuquet la mère... Qui n'a pas entendu cela
n'a jamais rien entendu... Pour moi, quand je vivrais
cent ans, je verrais toute ma vie le grand Tartarin s'ap-
prochant du piano d'un pas solennel, s'accoudant, faisant
sa moue, et sous le reflet vert des bocaux de la devan-
10 ture, essayant de donner à sa bonne face l'expression satanique et farouche de Robert le Diable. A peine avait-il
pris position, tout de suite le salon frémissait ; on sentait
qu'il allait se passer quelque chose de grand... Alors,
après un silence, madame Bézuquet la mère commençait
15 en s'accompagnant :

> Robert, toi que j'aime
> Et qui reçus ma foi,
> Tu vois mon effroi (*bis*),
> Grâce pour toi-même
20 > Et grâce pour moi.

A voix basse, elle ajoutait : « A vous, Tartarin, » et
Tartarin de Tarascon, le bras tendu, le poing fermé, la
narine frémissante, disait par trois fois d'une voix formidable, qui roulait comme un coup de tonnerre dans les
25 entrailles du piano : « Non !...non !...non !... » Sur quoi
madame Bézuquet la mère reprenait encore une fois :

> Grâce pour toi-même
> Et grâce pour moi.

— Non !...non !...non !... » hurlait Tartarin de plus
30 belle, et la chose en restait là... Ce n'était pas long,

---

4 *Robert le Diable,* a well known opera by Meyerbeer, was first per-
formed in 1831. — 29 *de plus belle :* see *beau.*

comme vous voyez: mais c'était si bien chanté, si mimé,
si diabolique, qu'un frisson de terreur courait dans la
pharmacie, et qu'on lui faisait recommencer ses: « Non!
...non! » quatre et cinq fois de suite.

5   Là-dessus Tartarin s'épongeait le front, souriait aux
dames, clignait de l'œil aux hommes, et, se retirant sur
son triomphe, s'en allait dire au cercle d'un petit air négligent: « Je viens de chez les Bézuquet chanter le duo de
Robert le Diable! »

10   Et le plus fort, c'est qu'il le croyait!...

IV

ILS!!!

C'EST à ces différents talents que Tartarin de Tarascon
devait sa haute situation dans la ville.

Du reste, c'est une chose positive que cet homme avait
su prendre tout le monde.

15   A Tarascon, l'armée était pour Tartarin. Le brave
commandant Bravida, capitaine d'habillement en retraite,
disait de lui: « C'est un lapin! » et vous pensez que le
commandant s'y connaissait en lapins, après en avoir tant
habillé.

20   La magistrature était pour Tartarin. Deux ou trois
fois, en plein tribunal, le vieux président Ladevèze avait
dit, parlant de lui:

« C'est un caractère! »

Enfin le peuple était pour Tartarin. Sa carrure, sa
25 démarche, son air, cette réputation de héros qui lui venait
on ne sait d'où, quelques distributions de gros sous et de
taloches aux petits décrotteurs étalés devant sa porte, en

17 *lapin*: a slangy expression usually applied to soldiers. Translate: "a fearless fellow."—26 *gros sou*: see *sou*.

avaient fait le Roi de Tarascon. Sur les quais, le dimanche soir, quand Tartarin revenait de la chasse, la
casquette au bout du canon, bien sanglé dans sa veste de
futaine, les portefaix du Rhône s'inclinaient pleins de res-
5 pect, et se montrant du coin de l'œil les biceps gigantesques qui roulaient sur ses bras, ils se disaient tout bas
les uns aux autres avec admiration :

« C'est celui-là qui est fort!... Il a DOUBLES MUS-
CLES ! »

10 DOUBLES MUSCLES !

Il n'y a qu'à Tarascon qu'on entend de ces choses-là !

Et pourtant, en dépit de tout, avec ses nombreux talents, ses doubles muscles, la faveur populaire et l'estime
si précieuse du brave commandant Bravida, ancien capi-
15 taine d'habillement, Tartarin n'était pas heureux ; cette
vie de petite ville lui pesait, l'étouffait. Le grand homme
de Tarascon s'ennuyait à Tarascon. Le fait est que
pour une nature héroïque comme la sienne, pour une
âme aventureuse et folle qui ne rêvait que batailles,
20 courses dans les pampas, grandes chasses, sables du désert, ouragans et typhons, faire tous les dimanches une
chasse à la casquette et le reste du temps rendre la justice
chez l'armurier Costecalde, ce n'était guère... Pauvre
cher grand homme ! A la longue, il y aurait eu de quoi
25 le faire mourir de consomption.

En vain, pour agrandir ses horizons, pour oublier un
peu le cercle et la place du Marché, en vain s'entourait-il
de baobabs et autres végétations africaines ; en vain entas-
sait-il armes sur armes, krish malais sur krish malais ;
30 en vain se bourrait-il de lectures romanesques, cherchant,

8 *C'est celui-là qui est fort*: see *fort.*—23 *ce n'était guère*: see *guère.*
— 24 *il y aurait eu de quoi*: see *quoi.*—31 *don Quichotte*: Don Quixote,
the most famous work of Spanish literature, by Cervantes. See p. 52,
l. 3.

comme l'immortel don Quichotte, à s'arracher par la
vigueur de son rêve aux griffes de l'impitoyable réalité
... Hélas! tout ce qu'il faisait pour apaiser sa soif d'a-
ventures ne servait qu'à l'augmenter. La vue de toutes
5 ses armes l'entretenait dans un état perpétuel de colère et
d'excitation. Ses rifles, ses flèches, ses lazos lui criaient:
« Bataille! bataille! » Dans les branches de son baobab,
le vent des grands voyages soufflait et lui donnait de
mauvais conseils.

10   Oh! par les lourdes après-midi d'été, quand il était à
lire au milieu de ses glaives, que de fois Tartarin s'est
levé en rugissant; que de fois il a jeté son livre et s'est
précipité sur le mur pour décrocher une panoplie!

Le pauvre homme oubliait qu'il était chez lui à Taras-
15 con, il mettait ses lectures en actions, et, s'exaltant au son
de sa propre voix, criait en brandissant une hache ou un
tomahawk:

« Qu'ils y viennent maintenant! »

Ils? Qui, *Ils?*

20   Tartarin ne le savait pas bien lui-même... *Ils!* c'était
tout ce qui attaque, tout ce qui combat, tout ce qui mord,
tout ce qui griffe, tout ce qui scalpe, tout ce qui hurle,
tout ce qui rugit... *Ils!* c'était l'Indien Sioux dansant
autour du poteau de guerre où le malheureux blanc est
25 attaché.

C'était l'ours gris des montagnes Rocheuses qui se
dandine, et qui se lèche avec une langue pleine de sang.
C'était encore le Touareg du désert, le pirate malais, le
bandit des Abruzzes... *Ils* enfin, c'était *ils!*...c'est-à-
30 dire la guerre, les voyages, l'aventure, la gloire.

Mais, hélas! l'intrépide Tarasconnais avait beau *les*

28 *Touareg:* a nomad tribe of the Sahara. — 28 *Abruzzes* (Eng.
Abruzzi) is the name of an Italian province that had formerly the
reputation of being the meeting-place of numerous brigands.

appeler, *les* défier...*ils* ne venaient jamais... Pecaïré!^x qu'est-ce qu'*ils* seraient venus faire à Tarascon?

Tartarin cependant *les* attendait toujours; — surtout le soir en allant au cercle.

V

QUAND TARTARIN ALLAIT AU CERCLE

5 LE chevalier du Temple se disposant à faire une sortie contre l'infidèle qui l'assiège, le Chinois s'équipant pour la bataille, le guerrier indien entrant sur le sentier de la guerre, tout cela n'est rien auprès de Tartarin de Tarascon s'armant de pied en cap pour aller au cercle, à neuf
10 heures du soir, une heure après les clairons de la retraite.

A la main gauche, Tartarin prenait un coup-de-poing à pointes de fer, à la main droite une canne à épée; dans la poche gauche, un casse-tête; dans la poche droite, un revolver, sur la poitrine, un krish malais.

15 Avant de partir, dans le silence et l'ombre de son cabinet, il s'exerçait un moment, se fendait, tirait au mur, faisait jouer ses muscles; puis, il prenait son passe-partout, et traversait le jardin, gravement, sans se presser. Au bout du jardin, il ouvrait la lourde porte de fer. Il l'ou-
20 vrait brusquement, violemment, de façon à ce qu'elle allât battre en dehors contre la muraille... S'*ils* avaient été

1 *Pécaïré:* a Southern exclamation expressing strong affirmation. 5 *chevalier du Temple:* the Knights Templar were members of a military-religious order founded in 1118 who made themselves famous as Crusaders. This order was abolished by Pope Clement V. in 1312. — 8 *auprès de = en comparaison avec.* — 10 *après les clairons de la retraite:* in French garrisoned towns the regiment's buglers march through the main streets playing, at eight o'clock, to call the soldiers back to their barracks.

derrière, vous pensez quelle massacre! Malheureusement,
ils n'étaient pas derrière.

La porte ouverte, Tartarin sortait, jetait vite un coup
d'œil de droite et de gauche, fermait la porte à double
5 tour et vivement.   Puis en route.

Sur le chemin d'Avignon, pas un chat.   Portes closes,
fenêtres éteintes.   Tout était noir.   De loin en loin un
réverbère, clignotant dans le brouillard du Rhône...

Superbe et calme, Tartarin de Tarascon s'en allait ainsi
10 dans la nuit, faisant sonner ses talons en mesure, et du
bout ferré de sa canne arrachant des étincelles aux pavés
... Boulevards, grandes rues ou ruelles, il avait soin de
tenir toujours le milieu de la chaussée, excellente mesure
de précaution qui vous permet de voir venir le danger. A
15 lui voir tant de prudence, n'allez pas croire au moins que
Tartarin eût peur... Non! seulement il se gardait.

La meilleure preuve que Tartarin n'avait pas peur, c'est
qu'au lieu d'aller au cercle par le cours, il y allait par la
ville, c'est à dire par le plus long, par le plus noir, par
20 un tas de vilaines petites rues au bout desquelles on voit
le Rhône luire sinistrement.   Le pauvre homme espérait
toujours qu'au détour d'un de ces coupe-gorge *ils* allaient
s'élancer de l'ombre et lui tomber sur le dos. *Ils* auraient
été bien reçus, je vous en réponds...   Mais, hélas! par
25 une dérision du destin, jamais, au grand jamais, Tartarin
de Tarascon n'eut la chance de faire une mauvaise rencontre.   Pas même un chien, pas même un ivrogne.   Rien!
Parfois cependant une fausse alerte.   Un bruit de pas,

---

3 *La porte ouverte :* note absolute construction. — **4** *à double tour :*
see *tour.* — **5** *Puis en route :* see *route.* — **6** *Pas un chat＝pas une âme,*
personne. — **11** *arrachant des étincelles :* see *étincelle.* — **23** *et lui tomber*
sur le dos : see *dos.* — **25** *jamais, au grand jamais :* translate: "never,
never," and emphasize by stress of voice on the second one. — **26** *de*
faire une mauvaise rencontre : see *rencontre.*

des voix étouffées... « Attention! » se disait Tartarin,
et il restait planté sur place, scrutant l'ombre, appuyant
son oreille contre terre à la mode indienne... Les pas
approchaient. Les voix devenaient distinctes... Plus de
5 doutes! *Ils* arrivaient... *Ils* étaient là. Déjà Tartarin,
l'œil en feu, la poitrine haletante, se ramassait sur lui-
même comme un jaguar, et se préparait à bondir en poussant son cri de guerre...quand tout à coup, du sein de
l'ombre, il entendait de bonnes voix tarasconnaises l'appe-
10 ler bien tranquillement:

« Té!...c'est Tartarin... Adieu, Tartarin!»

Malédiction! c'était le pharmacien Bézuquet avec sa
famille qui venait de chanter *la sienne* chez les Costecalde.

— « Bonsoir! bonsoir!» grommelait Tartarin, furieux de
15 sa méprise; et, farouche, la canne haute, il s'enfonçait
dans la nuit.

Arrivé dans la rue du cercle, l'intrépide Tarasconnais
attendait encore un moment en se promenant de long en
large devant la porte avant d'entrer... A la fin, las de *les*
20 attendre et certain qu'*ils* ne se montreraient pas, il jetait
un dernier regard de défi dans l'ombre, et murmurait
avec colère: « Rien!...rien!...jamais rien!»

Là-dessus le brave homme entrait faire son bezigue
avec le commandant.

VI

LES DEUX TARTARINS

25 AVEC cette rage d'aventures, ce besoin d'émotions
fortes, cette folie de voyages, de courses, comment diantre

---

11 *Té!* a southern exclamation expressing surprise.—**13** *la sienne:*
refers to the songs mentioned in chap. III.

se trouvait-il que Tartarin de Tarascon n'eût jamais quitté Tarascon?

Car c'est un fait. Jusqu'à l'âge de quarante-cinq ans, l'intrépide Tarasconnais n'avait pas une fois couché hors
5 de sa ville. Il n'avait pas même fait ce fameux voyage à Marseille, que tout bon Provençal se paie à sa majorité. C'est au plus s'il connaissait Beaucaire, et cependant Beaucaire n'est pas bien loin de Tarascon, puisqu'il n'y a que le pont à traverser. Malheureusement ce pont a été
10 si souvent emporté par les coups de vent, il est si long, si frêle, et le Rhône a tant de largeur à cet endroit que, ma foi! vous comprenez... Tartarin de Tarascon préférait la terre ferme.

C'est qu'il faut bien vous l'avouer, il y avait dans notre
15 héros deux natures très distinctes. Il portait en lui l'âme de don Quichotte, les mêmes élans chevaleresques, le même idéal héroïque, la même folie du romanesque et du grandiose; mais malheureusement n'avait pas le corps du célèbre hidalgo, ce corps osseux et maigre, capable de pas-
20 ser vingt nuits sans déboucler sa cuirasse et quarante-huit heures avec une poignée de riz... Le corps de Tartarin, au contraire, était un brave homme de corps, très gras, très lourd, très douillet, très geignard, plein d'appétits bourgeois et d'exigences domestiques, le corps
25 gras et court sur pattes de l'immortel Sancho Pança.

Don Quichotte et Sancho Pança dans le même homme! vous comprenez quels combats! quels déchirements!...

6 *Marseille*, the most important seaport of France, is situated on the Mediterranean.—*Provençal* : an inhabitant of the old province of Provence now forming the Departments of Basses-Alpes, Bouches-du-Rhône, and part of those of Drôme, Var, and Vaucluse.—*à sa majorité* : see *majorité*. — 7 *Beaucaire* : a city of about 10,000 inhabitants. — 25 *Sancho Pança* : the faithful servant of Don Quixote in Cervantes' novel.

O le beau dialogue à écrire pour Lucien ou pour Saint-Évremond, un dialogue entre les deux Tartarins, le Tartarin-Quichotte et le Tartarin-Sancho! Tartarin-Quichotte s'exaltant aux récits de Cooper et criant : « Je

5 pars ! »

Tartarin-Sancho ne pensant qu'aux rhumatismes et disant : « Je reste. »

TARTARIN-QUICHOTTE, très exalté :

Couvre-toi de gloire, Tartarin.

10 TARTARIN-SANCHO, très calme :

Tartarin, couvre-toi de flanelle.

TARTARIN-QUICHOTTE, de plus en plus exalté :

O les bons rifles ! ô les dagues, les lazos !

TARTARIN-SANCHO, de plus en plus calme :

15 O les bons gilets tricotés ! les bonnes genouillères bien chaudes ! ô les braves casquettes à oreillettes !

TARTARIN-QUICHOTTE, hors de lui :

Une hache ! qu'on me donne une hache !

TARTARIN-SANCHO, sonnant la bonne :

20 Jeannette, mon chocolat.

Là-dessus Jeannette apparaît avec un excellent chocolat, chaud, parfumé, et de succulentes grillades à l'anis, qui font rire Tartarin-Sancho en étouffant les cris de Tartarin-Quichotte.

25 Et voilà comme il se trouvait que Tartarin de Tarascon n'eût jamais quitté Tarascon.

---

1 *Lucien :* a Greek writer who lived in the second century A.D.— *Saint-Évremond*, a French satirist, was born in 1613. Banished by Louis XIV., he went to England where he died in 1703 and was buried in Westminster Abbey.

VII

LES EUROPÉENS À SHANG-HAÏ. — LE HAUT COMMERCE. —
LES TARTARES. — TARTARIN DE TARASCON SERAIT-IL
UN IMPOSTEUR? — LE MIRAGE

UNE fois cependant Tartarin avait failli partir, partir
pour un grand voyage.

Les trois frères Garcio-Camus, des Tarasconnais éta-
blis à Shang-Haï, lui avaient offert la direction d'un de
5 leurs comptoirs là-bas. Ça, par exemple, c'était bien la
vie qu'il lui fallait. Des affaires considérables, tout un
monde de commis à gouverner, des relations avec la Russie, la Perse, la Turquie d'Asie, enfin le Haut Commerce.

La maison de Garcio-Camus avait en outre cet avan-
10 tage qu'on y recevait quelquefois la visite des Tartares.
Alors vite on fermait les portes. Tous les commis prenaient les armes, on hissait le drapeau consulaire, et pan!
pan! par les fenêtres, sur les Tartares.

Avec quel enthousiasme Tartarin-Quichotte sauta sur
15 cette proposition, je n'ai pas besoin de vous le dire; par
malheur, Tartarin-Sancho n'entendait pas de cette
oreille-là, et, comme il était le plus fort, l'affaire ne put
pas s'arranger. Dans la ville, on en parla beaucoup. Partira-t-il? ne partira-t-il pas? Parions que si, parions que
20 non. Ce fut un événement... En fin de compte, Tartarin
ne partit pas, mais toutefois cette histoire lui fit beaucoup
d'honneur. Avoir failli aller à Shang-Haï ou y être allé,
pour Tarascon, c'était tout comme. A force de parler du
voyage de Tartarin, on finit par croire qu'il en revenait,

4 *Shang-Haï*, a city of China on the Yang-tsi-Kiang, is now an important manufacturing center. — 16 *n'entendait pas de cette oreille-là :*
see *oreille.*

et le soir, au cercle, tous ces messieurs lui demandaient
des renseignements sur la vie à Shang-Haï, sur les
mœurs, le climat, l'opium, le Haut Commerce.

Tartarin, très bien renseigné, donnait de bonne grâce
5 les détails qu'on voulait, et, à la longue, le brave homme
n'était pas bien sûr lui-même de n'être pas allé à Shang-
Haï, si bien qu'en racontant pour la centième fois la
descente des Tartares, il en arrivait à dire très naturellement : « Alors, je fais armer mes commis, je hisse le pa-
10 villon consulaire, et pan! pan! par les fenêtres, sur les
Tartares.» En entendant cela, tout le cercle frémissait...

— Mais alors, votre Tartarin n'était qu'un affreux
menteur.

— Non! mille fois non! Tartarin n'était pas un men-
15 teur.

— Pourtant, il devait bien savoir qu'il n'était pas allé
à Shang-Haï!

— Eh! sans doute, il le savait. Seulement...

Seulement, écoutez bien ceci. Il est temps de s'en-
20 tendre une fois pour toutes sur cette réputation de
menteurs que les gens du Nord ont faite aux Méridio-
naux. Il n'y a pas de menteurs dans le Midi, pas plus
à Marseille qu'à Nimes, qu'à Toulouse, qu'à Tarascon.
L'homme du Midi ne ment pas, il se trompe. Il ne dit
25 pas toujours la vérité, mais il croit la dire... Son mensonge à lui, ce n'est pas du mensonge, c'est une espèce de
mirage...

Oui, du mirage!... Et pour bien me comprendre,
allez-vous-en dans le Midi, et vous verrez. Vous verrez

---

23 *Nimes*, an important city of southern France, is situated about
500 miles south-east of Paris. — *Toulouse*, the former capital of the old
province of Languedoc, on the Garonne river, has a population of
about 150,000 inhabitants. It is the seat of a bishopric and a university. — 26 *à lui* emphasizes *son*.

ce pays où le soleil transfigure tout, et fait tout plus grand que nature. Vous verrez ces petites collines de Provence pas plus hautes que la butte Montmartre et qui vous paraîtront gigantesques. Vous verrez... Ah! le
5 seul menteur du Midi, s'il y en a un, c'est le soleil... Tout ce qu'il touche, il l'exagère!...

Vous étonnerez-vous après cela que le même soleil, tombant sur Tarascon, ait pu faire d'un ancien capitaine d'habillement comme Bravida, le brave commandant Bra-
10 vida, d'un navet un baobab, et d'un homme qui avait failli aller à Shang-Haï un homme qui y était allé?

VIII

LA MÉNAGERIE MITAINE. — UN LION DE L'ATLAS À TARASCON. — TERRIBLE ET SOLENNELLE ENTREVUE

Et maintenant que nous avons montré Tartarin de Ta-rascon comme il était en son privé, avant que la gloire l'eût baisé au front et coiffé du laurier séculaire, mainte-
15 nant que nous avons raconté cette vie héroïque dans un milieu modeste, ses joies, ses douleurs, ses rêves, ses espé-rances, hâtons-nous d'arriver aux grandes pages de son histoire et au singulier événement qui devait donner l'es-sor à cette incomparable destinée.
20 C'était un soir, chez l'armurier Costecalde. Tartarin de Tarascon était en train de démontrer à quelques ama-teurs le maniement du fusil à aiguille, alors dans toute sa nouveauté... Soudain la porte s'ouvre, et un chasseur de casquettes se précipite effaré dans la boutique, en cri-

3 *Provence :* see page 23, line 6. — *la butte Montmartre :* a hill in Paris on which was recently built one of the most beautiful churches in the world.

ant: « Un lion!...un lion!... » Stupeur générale, effroi, tumulte, bousculade. Tartarin croise la baïonnette,
Costecalde court fermer la porte. On entoure le chasseur, on l'interroge, on le presse, et voici ce qu'on ap-
5 prend: la ménagerie Mitaine, revenant de la foire de
Beaucaire, avait consenti à faire une halte de quelques
jours à Tarascon et venait de s'installer sur la place du
château avec un tas de boas, de phoques, de crocodiles et
un magnifique lion de l'Atlas.

10 Un lion de l'Atlas à Tarascon! Jamais, de mémoire
d'homme, pareille chose ne s'était vue. Aussi comme nos
braves chasseurs de casquettes se regardaient fièrement!
quel rayonnement sur leurs mâles visages, et, dans tous
les coins de la boutique Costecalde, quelles bonnes poi-
15 gnées de mains silencieusement échangées! L'émotion
était si grande, si imprévue, que personne ne trouvait un
mot à dire...

Pas même Tartarin. Pâle et frémissant, le fusil à
aiguille encore entre les mains, il songeait debout devant
20 le comptoir... Un lion de l'Atlas, là, tout près, à deux
pas! Un lion! c'est-à-dire la bête héroïque et féroce par
excellence, le roi des fauves, le gibier de ses rêves.

Un lion! et de l'Atlas encore!!! C'était plus que le
grand Tartarin n'en pouvait supporter...
25 Tout à coup le sang lui monta au visage.

Ses yeux flambèrent. D'un geste convulsif il jeta le
fusil à aiguille sur son épaule, et, se tournant vers le brave
commandant Bravida, ancien capitaine d'habillement, il
lui dit d'une voix de tonnerre: « Allons voir ça, com-
30 mandant.»

— « Hé!...hé... Et mon fusil!...mon fusil à aiguille
que vous emportez...hasarda timidement le prudent
Costecalde; mais Tartarin avait tourné la rue, et derrière

9 *Atlas:* a chain of mountains in northern Africa.

lui tous les chasseurs de casquettes emboîtant fièrement le pas.[x]

Quand ils arrivèrent à la ménagerie, il y avait déjà beaucoup de monde. Tarascon, race héroïque, mais trop 5 longtemps privée de spectacles à sensations, s'était rué sur la baraque Mitaine et l'avait prise d'assaut. Aussi la grosse madame Mitaine était bien contente... En costume kabyle, les bras nus jusqu'au coude, des bracelets de fer aux chevilles, une cravache dans une main, dans 10 l'autre un poulet vivant, l'illustre dame faisait les honneurs de la baraque aux Tarasconnais, et comme elle avait *doubles muscles,* elle aussi, son succès était presque aussi grand que celui de ses pensionnaires.

L'entrée de Tartarin, le fusil sur l'épaule, jeta un froid. 15 Tous ces braves Tarasconnais, qui se promenaient bien tranquillement devant les cages, sans armes, sans méfiance, sans même aucune idée de danger, eurent un mouvement de terreur assez naturel en voyant leur grand Tartarin entrer dans la baraque avec son formidable en- 20 gin de guerre. Il y avait donc quelque chose à craindre, puisque lui, ce héros... En un clin d'œil, tout le devant des cages se trouva dégarni. Les enfants criaient de peur, les dames regardaient la porte. Le pharmacien Bézuquet s'esquiva, en disant qu'il allait chercher son fusil...

25 Peu à peu cependant, l'attitude de Tartarin rassura les courages. Calme, la tête haute, l'intrépide Tarasconnais fit lentement le tour de la baraque, passa sans s'arrêter devant la baignoire du phoque, regarda d'un œil dédaigneux la longue caisse pleine de son où le boa digérait 30 son poulet cru, et vint enfin se planter devant la cage du lion...

---

1 *emboîtant ... le pas:* see *pas.*—7 *En costume kabyle:* "dressed in Kabyl costume," i.e., a long loose white robe. Kabylie is a part of Algeria in northern Africa. — 14 *jeta un froid:* see *froid.*

Terrible et solennelle entrevue! le lion de **Tarascon** et le lion de l'Atlas en face l'un de l'autre... D'un côté, Tartarin, debout, le jarret tendu, les deux bras appuyés sur son rifle; de l'autre, le lion, un lion gigantesque, vau-
5 tré dans la paille, l'œil clignotant, l'air abruti, avec son énorme mufle posé sur les pattes de devant... Tous deux calmes et se regardant.

Chose singulière! soit que le fusil à aiguille lui eût donné de l'humeur, soit qu'il eût flairé un ennemi de sa
10 race, le lion, qui jusque-là avait regardé les Tarasconnais d'un air de souverain mépris en leur bâillant au nez à tous, le lion eut tout à coup un mouvement de colère. D'abord il renifla, gronda sourdement, écarta ses griffes, étira ses pattes; puis il se leva, dressa la tête, secoua sa
15 crinière, ouvrit une gueule immense et poussa vers Tartarin un formidable rugissement.

Un cri de terreur lui répondit. Tarascon, affolé, se précipita vers les portes. Tous, femmes, enfants, portefaix, chasseurs de casquettes, le brave commandant Bra-
20 vida lui-même... Seul, Tartarin de Tarascon ne bougea pas... Il était là, ferme et résolu, devant la cage, des éclairs dans les yeux et cette terrible moue que toute la ville connaissait... Au bout d'un moment, quand les chasseurs de casquettes, un peu rassurés par son attitude
25 et la solidité des barreaux, se rapprochèrent de leur chef, ils entendirent qu'il murmurait, en regardant le lion: « Ça, oui, c'est une chasse.»

Ce jour-là, Tartarin de Tarascon n'en dit pas davantage...

IX

SINGULIERS EFFETS DU MIRAGE

Ce jour-là, Tartarin de Tarascon n'en dit pas davantage; mais le malheureux en avait déjà trop dit...

Le lendemain, il n'était bruit dans la ville que du prochain départ de Tartarin pour l'Algérie et la chasse aux
5 lions. Vous êtes tous témoins, chers lecteurs, que le brave homme n'avait pas soufflé mot de cela; mais vous savez, le mirage...

Bref, tout Tarascon ne parlait que de ce départ.

Sur le cours, au cercle, chez Costecalde, les gens s'a-
10 bordaient d'un air effaré:

« Vous savez la nouvelle, au moins?

— Quoi donc?...le départ de Tartarin? »

L'homme le plus surpris de la ville, en apprenant qu'il allait partir pour l'Afrique, ce fut Tartarin. Mais voyez
15 ce que c'est que la vanité! Au lieu de répondre simplement qu'il ne partait pas du tout, qu'il n'avait jamais eu l'intention de partir, le pauvre Tartarin — la première fois qu'on lui parla de ce voyage — fit d'un petit air évasif: « Hé...hé...peut-être...je ne dis pas non.» La
20 seconde fois, un peu plus familiarisé avec cette idée, il répondit: « C'est probable.» La troisième: « C'est certain! »

Enfin, le soir, au cercle et chez les Costecalde, entraîné par le punch aux œufs, les bravos, les lumières; grisé par
25 le succès que l'annonce de son départ avait eu dans la ville, le malheureux déclara formellement qu'il était las de chasser la casquette et qu'il allait, avant peu, se mettre à la poursuite des grands lions de l'Atlas...

4 *Algérie* (Eng. Algeria), a French colony in Africa, has an area of 425,000 square miles and a population of about 5,000,000. — 24 *punch aux œufs*: see *punch*.

Un hourra formidable accueillit cette déclaration. Là-
dessus, nouveau punch aux œufs, poignées de mains, ac-
colades et sérénade aux flambeaux jusqu'à minuit devant
la petite maison du baobab.

5   Tartarin-Sancho n'était pas content! Cette idée de
voyage en Afrique et de chasse au lion lui donnait le frisson par avance; et, en rentrant au logis, pendant que la
sérénade d'honneur sonnait sous leurs fenêtres, il fit à
Tartarin-Quichotte une scène effroyable, l'appelant toqué
10 visionnaire, imprudent, triple fou, lui détaillant par le
menu toutes les catastrophes qui l'attendaient dans cette
expédition, naufrages, rhumatismes, fièvres, peste noire,
et le reste...

En vain Tartarin-Quichotte jurait-il de ne pas faire
15 d'imprudences, qu'il se couvrirait bien, qu'il emporterait
tout ce qu'il faudrait, Tartarin-Sancho ne voulait rien
entendre. Le pauvre homme se voyait déjà déchiqueté
par les lions, englouti dans les sables du désert, et l'autre
Tartarin ne parvint à l'apaiser un peu qu'en lui expliquant
20 que ce n'était pas pour tout de suite, que rien ne pressait
et qu'en fin de compte ils n'étaient pas encore partis.

Il est bien clair, en effet, que l'on ne s'embarque pas
pour une expédition semblable sans prendre quelques précautions. Il faut savoir où l'on va, et ne pas partir comme
25 un oiseau...

Avant toutes choses, le Tarasconnais voulut lire les récits des grands touristes africains, les relations de
Mungo-Park et du docteur Livingstone.

Là, il vit que ces intrépides voyageurs, avant de partir

28 *Mungo-Park*, a celebrated African explorer, was born in Scot-
land in 1771 and drowned in the Niger river in 1805. — *Livingstone*,
probably the foremost African explorer of this century, was a Scotch-
man by birth. He explored the Zambezi river, discovered several
lakes and finally died while traveling in central Africa (1816–1873).

pour les excursions lointaines, s'étaient préparés de longue main à supporter la faim, la soif, les marches forcées, les privations de toutes sortes. Tartarin voulut faire comme eux, et, à partir de ce jour-là, ne se nourrit
5 plus que d'*eau bouillie*. — Ce qu'on appelle *eau bouillie*, à Tarascon, c'est quelques tranches de pain noyées dans de l'eau chaude, avec une gousse d'ail, un peu de thym, un brin de laurier. — Le régime était sévère, et vous pensez si le pauvre Sancho fit la grimace...

10 A l'entrainement par l'eau bouillie Tartarin de Tarascon joignit d'autres sages pratiques. Ainsi, pour prendre l'habitude des longues marches, il s'astreignit à faire chaque matin son tour de ville sept ou huit fois de suite au pas accéléré.

15 Puis, pour se faire aux fraîcheurs nocturnes, aux brouillards, à la rosée, il descendait tous les soirs dans son jardin et restait là jusqu'à des dix et onze heures, seul avec son fusil, à l'affût derrière le baobab...

Enfin, tant que la ménagerie Mitaine resta à Tarascon,
20 les chasseurs de casquettes attardés chez Costecalde purent voir dans l'ombre, en passant sur la place du Château, un homme mystérieux se promenant de long en large derrière la baraque.

C'était Tartarin de Tarascon, qui s'habituait à entendre
25 sans frémir les rugissements du lion dans la nuit sombre.

X

AVANT LE DÉPART

PENDANT que Tartarin s'entraînait ainsi par toute sorte de moyens héroïques, tout Tarascon avait les yeux sur

---

17 *des ... et* emphasizes *dix* and *onze;* translate: " even as late as ten or eleven." Note ironical meaning.

lui; on ne s'occupait plus d'autre chose. La chasse à la
casquette ne battait plus que d'une aile, les romances chô-
maient. Dans la pharmacie Bézuquet le piano languissait
sous une housse verte. L'expédition de Tartarin avait ar-
5 rêté tout.

Il fallait voir le succès du Tarasconnais dans les sa-
lons. On se l'arrachait, on se l'empruntait, on se le volait.
Il n'y avait pas de plus grand honneur pour les dames
que d'aller à la ménagerie Mitaine au bras de Tartarin,
10 et de se faire expliquer devant la cage du lion comment
on s'y prenait pour chasser ces grandes bêtes, où il fallait
viser, à combien de pas, si les accidents étaient nombreux,
etc., etc.

Tartarin donnait toutes les explications qu'on voulait.
15 Il avait lu Jules Gérard et connaissait la chasse au lion sur
le bout du doigt, comme s'il l'avait faite. Aussi parlait-il
de ces choses avec une grande éloquence.

Mais où il était le plus beau, c'était le soir à dîner chez
le président Ladevèze ou le brave commandant Bravida,
20 ancien capitaine d'habillement, quand on apportait le café
et que, toutes les chaises se rapprochant, on le faisait parler de ses chasses futures...

Alors, le coude sur la nappe, le nez dans son moka, le
héros racontait d'une voix émue tous les dangers qui l'at-
25 tendaient là-bas. Il disait les longs affûts sans lune, les
marais pestilentiels, les rivières empoisonnées, les soleils
ardents, les scorpions; il disait aussi les mœurs des
grands lions de l'Atlas, leur façon de combattre, leur
vigueur phénoménale et leur férocité.

30 Puis, s'exaltant à son propre récit, il se levait de table,
bondissait au milieu de la salle à manger, imitant le cri

2 *ne battait plus que d'une aile:* see *aile.* — 15 *Jules Gérard,* a famous
French lion hunter, was born in southern France in 1817 and died in
1864.

du lion, le bruit d'une carabine, pan! pan! le sifflement
d'une balle explosible, pfft! pfft! gesticulait, rugissait,
renversait les chaises...

Autour de la table, tout le monde était pâle. Les
5 hommes se regardaient en hochant la tête, les dames fer-
maient les yeux avec de petits cris d'effroi, les vieillards
brandissaient leurs longues cannes belliqueusement, et,
dans la chambre à côté, les petits garçonnets qu'on couche
de bonne heure, éveillés en sursaut par les rugissements
10 et les coups de feu, avaient grand'peur et demandaient de
la lumière.

En attendant, Tartarin ne partait pas.

XI

DES COUPS D'ÉPÉE, MESSIEURS, DES COUPS D'ÉPÉE...MAIS PAS DES COUPS D'ÉPINGLE!

'AVAIT-IL bien réellement l'intention de partir?... Question délicate, et à laquelle l'historien de Tartarin serait
15 fort embarrassé de répondre.

Toujours est-il que la ménagerie Mitaine avait quitté
Tarascon depuis plus de trois mois, et le tueur de lions
ne bougeait pas... Après tout, peut-être le candide
héros, aveuglé par un nouveau mirage, se figurait-il de
20 bonne foi qu'il était allé en Algérie. Peut-être qu'à force
de raconter ses futures chasses, il s'imaginait les avoir
faites, aussi sincèrement qu'il s'imaginait avoir hissé le
drapeau consulaire et tiré sur les Tartares, pan! pan!
à Shang-Haï.

25 Malheureusement, si cette fois encore Tartarin de Tarascon fut victime du mirage, les Tarasconnais ne le
furent pas. Lorsqu'au bout de trois mois d'attente, on

16 *Toujours est-il :* see *toujours.*

s'aperçut que le chasseur n'avait pas encore fait une malle, on commença à murmurer.

« Ce sera comme pour Shang-Haï! » disait Costecalde en souriant. Et le mot de l'armurier fit fureur dans la 5 ville; car personne ne croyait plus en Tartarin.

Les naïfs, les poltrons, des gens comme Bézuquet, qui ne pouvaient pas tirer un coup de fusil sans fermer les yeux, ceux-là surtout étaient impitoyables. Au cercle, sur l'esplanade, ils abordaient le pauvre Tartarin avec de 10 petits airs goguenards.

« Et pour quand ce voyage? » Dans la boutique Coste-calde, son opinion ne faisait plus loi. Les chasseurs de casquettes reniaient leur chef!

Puis les épigrammes s'en mêlèrent. Le président La-15 devèze composa une chanson qui eut beaucoup de succès. Il était question d'un certain grand chasseur appelé maître Gervais, dont le fusil redoutable devait exterminer jus-qu'au dernier tous les lions d'Afrique. Par malheur ce fusil était de complexion singulière : *on le chargeait tou-*20 *jours, il ne partait jamais.*

Il ne partait jamais! vous comprenez l'allusion...

En un tour de main, cette chanson devint populaire.

O fragilité des engouements de Tarascon!...

Le grand homme, lui, feignait de ne rien voir, de ne 25 rien entendre; mais au fond cette petite guerre sourde et venimeuse l'affligeait beaucoup; il sentait Tarascon lui glisser dans la main, la faveur populaire aller à d'au-tres, et cela le faisait horriblement souffrir.

En dépit de sa souffrance, Tartarin souriait et menait 30 paisiblement sa même vie, comme si de rien n'était.

Quelquefois cependant ce masque de joyeuse insou-

1 *n'avait pas encore fait une malle :* see *malle.* — 22 *En un tour de main :* see *main.* — 27 *lui glisser dans la main :* see *main.* — 30 *comme si de rien n'était :* see *rien.*

ciance, qu'il s'était par fierté collé sur le visage, se dé-
tachait subitement. Alors, au lieu du rire, on voyait l'indignation et la douleur...

C'est ainsi qu'un matin que les petits décrotteurs chan-
5 taient sous ses fenêtres la chanson du président Ladevèze,
les voix de ces misérables arrivèrent jusqu'à la chambre
du pauvre grand homme en train de se raser devant sa
glace. (Tartarin portait toute sa barbe, mais, comme
elle venait trop forte, il était obligé de la surveiller.)

10 Tout à coup la fenêtre s'ouvrit violemment et Tartarin
apparut, barbouillé de bon savon blanc, brandissant son
rasoir et sa savonnette, et criant d'une voix formidable :
« Des coups d'épée, messieurs, des coups d'épée !...
Mais pas de coups d'épingle ! »

15 Belles paroles dignes de l'histoire, qui n'avaient que le
tort de s'adresser à ces petits gamins, hauts comme leurs
boites à cirage, et gentilhommes tout à fait incapables de
tenir une épée !

XII

DE CE QUI FUT DANS LA PETITE MAISON DU BAOBAB

Au milieu de la défection générale, l'armée seule tenait
20 bon pour Tartarin.

Le brave commandant Bravida, ancien capitaine d'habillement, continuait à lui marquer la même estime :
« C'est un lapin ! » s'entêtait-il à dire, et cette affirmation valait bien, j'imagine, celle du pharmacien Bézu-
25 quet... Pas une fois le brave commandant n'avait fait
allusion au voyage en Afrique ; pourtant, quand la clameur publique devint trop forte, il se décida à parler.

Un soir, le malheureux Tartarin était seul dans son

cabinet, pensant à des choses tristes, quand il vit entrer
le commandant, grave, ganté de noir, boutonné jusqu'aux
oreilles.

« Tartarin,» fit l'ancien capitaine avec autorité, « Tar-
5 tarin, il faut partir ! » Et il restait debout dans l'encadrement de la porte, — rigide et grand comme le devoir.

Tout ce qu'il y avait dans ce « Tartarin, il faut partir ! »
Tartarin de Tarascon le comprit.

10 Très pâle, il se leva, regarda autour de lui d'un œil
attendri ce joli cabinet, bien clos, plein de chaleur et de
lumière douce, ce large fauteuil si commode, ses livres,
son tapis, les grands stores blancs de ses fenêtres, derrière lesquels tremblaient les branches grêles du petit
15 jardin ; puis, s'avançant vers le brave commandant, il
lui prit la main, la serra avec énergie, et d'une voix trem-
blante, stoïque cependant, il lui dit: « Je partirai, Bravida ! »

Et il partit comme il l'avait dit. Seulement pas en-
20 core tout de suite...il lui fallut le temps de s'outiller.

D'abord il commanda chez Bompard deux grandes
malles doublées de cuivre, avec une longue plaque portant cette inscription :

TARTARIN DE TARASCON

CAISSE D'ARMES

Le doublage et la gravure prirent beaucoup de temps.
25 Il commanda aussi chez Tastavin un magnifique album
de voyage pour écrire son journal, ses impressions ; car
enfin on a beau chasser le lion, on pense tout de même
en route.

27 *on a beau chasser :* see *chasser.*

Puis il fit venir de Marseille toute une cargaison de
conserves alimentaires, du pemmican en tablettes pour
faire du bouillon, une tente-abri d'un nouveau modèle,
se montant et se démontant à la minute, des bottes de
5 marin, deux parapluies, un water-proof, des lunettes
bleues pour prévenir les ophtalmies. Enfin le pharmacien Bézuquet lui confectionna une petite pharmacie
portative bourrée de sparadrap, d'arnica, de camphre,
etc.

10 Pauvre Tartarin! ce qu'il en faisait, ce n'était pas pour
lui; mais il espérait, à force de précautions et d'atten-
tions délicates, apaiser la fureur de Tartarin-Sancho, qui,
depuis que le départ était décidé, ne décolérait ni de jour
ni de nuit.

XIII

LE DÉPART

15 ENFIN il arriva, le jour solennel, le grand jour.
Dès l'aube, tout Tarascon était sur pied, encombrant
le chemin d'Avignon et les abords de la petite maison du
baobab.

Du monde aux fenêtres, sur les toits, sur les arbres;
20 des mariniers du Rhône, des portefaix, des décrotteurs,
des bourgeois, des ourdisseuses, des taffetassières, le
cercle, enfin toute la ville; puis aussi des gens de Beaucaire qui avaient passé le pont, des maraîchers de la banlieue, des charrettes à grandes bâches, des vignerons
25 hissés sur de belles mules attifées de rubans, de grelots,
de nœuds, de sonnettes, et même, de loin en loin, quel-

---

1 *fit venir* : see *venir.* — 2 *conserves alimentaires* : see *conserves.*—
16 *était sur pied* : see *pied.*

ques jolies filles d'Arles, le ruban d'azur autour de la
tête, sur de petits chevaux de Camargue gris de fer.

Toute cette foule se pressait, se bousculait devant la
porte de Tartarin, ce bon M. Tartarin, qui s'en allait
5 tuer des lions chez les Turcs.

Pour Tarascon, l'Algérie, l'Afrique, la Grèce, la Perse,
la Turquie, la Mésopotamie, tout cela forme un grand
pays très vague, presque mythologique, et cela s'appelle
les Turcs.

10 Au milieu de cette cohue, les chasseurs de casquettes
allaient et venaient, fiers du triomphe de leur chef.

Devant la maison du baobab, deux grandes brouettes.
De temps en temps, la porte s'ouvrait, laissant voir quelques personnes qui se promenaient gravement dans le
15 petit jardin. Des hommes apportaient des malles, des
caisses, des sacs de nuit, qu'ils empilaient sur les brouettes.

A chaque nouveau colis, la foule frémissait. On se
nommait les objets à haute voix. « Ça, c'est la tente-abri
20 … Ça, ce sont les conserves…la pharmacie…les caisses d'armes… » Et les chasseurs de casquettes donnaient
des explications.

Tout à coup, vers dix heures, il se fit un grand mouvement dans la foule. La porte du jardin tourna sur ses
25 gonds violemment.

« C'est lui…c'est lui! » criait-on.

C'était lui…

Quand il parut sur le seuil, deux cris de stupeur parti-
rent de la foule:
30 « C'est un Turc !

---

1 *Arles*, in the department of the Bouches-du-Rhône, is famous for
its Roman arena. — 6 *Algérie :* see page 31, line 4. — 7 *Mésopotamie*
(Eng. Mesopotamia) is the old name of a part of Asia lying between
the Euphrates and the Tigris rivers.

— Il a des lunettes ! »

Tartarin de Tarascon, en effet, avait cru de son devoir, allant en Algérie, de prendre le costume algérien. Large pantalon bouffant en toile blanche, petite veste collante à
5 boutons de métal, deux pieds de ceinture rouge autour de l'estomac, le cou nu, le front rasé, sur sa tête une gigantesque *chechia* (bonnet rouge) et un flot bleu d'une longueur !... Avec cela, deux lourds fusils, un sur chaque épaule, un grand couteau de chasse à la ceinture, sur
10 le ventre une cartouchière, sur la hanche un revolver se balançant dans sa poche de cuir. C'est tout...

Ah ! pardon, j'oubliais les lunettes, une énorme paire de lunettes bleues qui venaient là bien à propos pour corriger ce qu'il y avait d'un peu trop farouche dans la tour-
15 nure de notre héros !

« Vive Tartarin !...vive Tartarin ! » hurla le peuple. Le grand homme sourit, mais ne salua pas, à cause de ses fusils qui le gênaient. Du reste, il savait maintenant à quoi s'en tenir sur la faveur populaire ; peut-être même
20 qu'au fond de son âme il maudissait ses terribles compatriotes, qui l'obligeaient à partir, à quitter son joli petit chez lui aux murs blancs, aux persiennes vertes... Mais cela ne se voyait pas.

Calme et fier, quoiqu'un peu pâle, il s'avança sur la
25 chaussée, regarda ses brouettes, et, voyant que tout était bien, prit gaillardement le chemin de la gare, sans même se retourner une fois vers la maison du baobab. Derrière lui marchaient le brave commandant Bravida, ancien capitaine d'habillement, le président Ladevèze, puis l'armurier
30 Costecalde et tous les chasseurs de casquettes, puis les brouettes, puis le peuple.

7 *d'une longueur* = *très long.* — 19 *à quoi s'en tenir sur :* see *tenir.*
23 *cela ne se voyait pas :* see *voir.*

Devant l'embarcadère, le chef de gare l'attendait, — un vieil Africain de 1830, qui lui serra la main plusieurs fois avec chaleur.

L'express Paris-Marseille n'était pas encore arrivé. 5 Tartarin et son état-major entrèrent dans les salles d'attente. Pour éviter l'encombrement, derrière eux le chef de gare fit fermer les grilles.

Pendant un quart d'heure, Tartarin se promena de long en large dans les salles, au milieu des chasseurs de cas- 10 quettes. Il leur parlait de son voyage, de sa chasse, promettant d'envoyer des peaux. On s'inscrivait sur son carnet pour une peau comme pour une contredanse.

Tranquille et doux comme Socrate au moment de boire la ciguë, l'intrépide Tarasconnais avait un mot pour cha- 15 cun, un sourire pour tout le monde. Il parlait simplement, d'un air affable; on aurait dit qu'avant de partir, il voulait laisser derrière lui comme une traînée de charme, de regrets, de bons souvenirs. D'entendre leur chef parler ainsi, tous les chasseurs de casquettes avaient des larmes, 20 quelques-uns même des remords, comme le président Ladevèze et le pharmacien Bézuquet.

Des hommes d'équipe pleuraient dans des coins. Dehors, le peuple regardait à travers les grilles, et criait: « Vive Tartarin! »

25 Enfin la cloche sonna. Un roulement sourd, un sifflet déchirant ébranla les voûtes... En voiture! en voiture!

« Adieu, Tartarin!...adieu, Tartarin!...

— Adieu, tous!... » murmura le grand homme, et sur

1 *un vieil Africain de 1830 :* an old soldier who had campaigned in Africa in 1830 (the year of the conquest of Algeria by the French). —13 *Socrate* (Eng. Socrates), the most illustrious Greek philosopher, was born in 468 B.C. He was unjustly accused of fostering impiety among the young and was sentenced to drink a poisoned beverage made of hemlock leaves. — 22 *Des hommes d'équipe :* see *équipe.* — 26 *En voiture !* see *voiture.*

les joues du brave commandant Bravida il embrassa son cher Tarascon.

Puis il s'élança sur la voie, et monta dans un wagon plein de Parisiennes, qui pensèrent mourir de peur en 5 voyant arriver cet homme étrange avec tant de carabines et de revolvers.

XIV

LE PORT DE MARSEILLE. — EMBARQUE! EMBARQUE!

LE 1er décembre 186..., à l'heure de midi, par un soleil d'hiver provençal, un temps clair, luisant, splendide, les Marseillais effarés virent déboucher sur la Canebière un 10 Turc extraordinaire... Jamais ils n'en avaient vu un comme celui-là; et pourtant, il n'en manque pas à Marseille, des Turcs!

Le Turc en question, — ai-je besoin de vous le dire? — c'était Tartarin, le grand Tartarin de Tarascon, qui s'en 15 allait le long des quais, suivi de ses caisses d'armes, de sa pharmacie, de ses conserves, rejoindre l'embarcadère de la compagnie Touache, et le paquebot le Zouave, qui devait l'emporter là-bas.

L'oreille encore pleine des applaudissements tarasconnais, grisé par la lumière du ciel, l'odeur de la mer, Tartarin rayonnant marchait, ses fusils sur l'épaule, la tête haute, regardant de tous ses yeux ce merveilleux port de Marseille qu'il voyait pour la première fois, et qui l'éblouissait... Le pauvre homme croyait rêver. Il lui semblait qu'il s'appelait Sinbad le Marin, et qu'il errait dans

9 *la Canebière:* the principal street in Marseilles.—11 *il n'en manque pas à Marseille, des Turcs!* In translating make *Turcs* the subject and use the verb in the passive voice.— 25 *Sinbad le Marin:* a character in the "Arabian Nights."

une de ces villes fantastiques comme il y en a dans les
Mille et une nuits.

C'était à perte de vue un fouillis de mâts, de vergues, se
croisant dans tous les sens. Pavillons de tous les pays,
5 russes, grecs, suédois, tunisiens, américains... Les navires au ras du quai, les beauprés arrivant sur la berge
comme des rangées de baïonnettes. Au-dessous les
naïades, les déesses, les saintes vierges et autres sculptures
de bois peint qui donnent le nom au vaisseau; tout cela
10 mangé par l'eau de mer, dévoré, ruisselant, moisi... De
temps en temps, entre les navires, un morceau de mer,
comme une grande moire tachée d'huile... Dans l'enchevêtrement des vergues, des nuées de mouettes faisant
de jolies taches sur le ciel bleu, des mousses qui s'appe-
15 laient dans toutes les langues.

Sur le quai, tout un peuple de douaniers, de commis-
sionnaires, de portefaix avec leurs voitures attelées de
petits chevaux corses.

Des magasins de confections bizarres, des baraques en-
20 fumées où les matelots faisaient leur cuisine, des marchands de pipes, des marchands de singes, de perroquets,
de cordes, de toiles à voiles, des bric-à-brac fantastiques
où s'étalaient pêle-mêle de vieilles couleuvrines, de grosses
lanternes dorées, de vieilles ancres, vieux cordages, vieilles
25 poulies, vieux porte-voix, lunettes marines du temps de
Jean Bart et de Duguay-Trouin. Des vendeuses de
moules accroupies et piaillant à côté de leurs coquillages.
Des matelots passant avec des pots de goudron.

2 *les Mille et une Nuits,* the "Arabian Nights," a well-known collection of Oriental stories. — 16 *tout un peuple = un grand nombre.*—
26 *Jean Bart,* a fearless commander of the French navy under the
reign of Louis XIV., was born at Dunkirk in northern France, where
his statue now stands. —*Duguay-Trouin,* a famous privateer, is known
especially for his liberality and kindness towards his fellow-sailors
(1673–1736).

Partout, un encombrement prodigieux de marchandises
de toutes espèce : soieries, minerais, trains de bois, draps,
sucres, caroubes, colzas, réglisses, cannes à sucre. L'O-
rient et l'Occident pêle-mêle.

5   Là-bas, le quai au blé ; les portefaix déchargeant leurs
sacs sur la berge. Plus loin, le bassin de carénage, les
grands vaisseaux couchés sur le flanc et qu'on flambait
avec des broussailles pour les débarrasser des herbes de

la mer, les vergues trempant dans l'eau, l'odeur de la ré-
10 sine, le bruit assourdissant des charpentiers doublant la
coque des navires avec de grandes plaques de cuivre.

Parfois, entre les mâts, une éclaircie. Alors Tartarin
voyait l'entrée du port, le grand va-et-vient des navires,
une frégate anglaise partant pour Malte, pimpante et bien
15 lavée, avec des officiers en gants jaunes, ou bien un grand
brick marseillais démarrant au milieu des cris, des jurons,
et à l'arrière un gros capitaine en redingote et chapeau de

14 *Malte* (Eng. Malta) : an island in the Mediterranean sea between
Sicily and Africa, belonging to England.

soie, commandant la manœuvre en provençal. Des navires qui s'en allaient en courant, toutes voiles dehors.
D'autres là-bas, bien loin, qui arrivaient lentement.

Et puis tout le temps un tapage effroyable, roulement
5 de charrettes, chants, sifflets de bateaux à vapeur, les
tambours et les clairons du fort Saint-Jean, du fort Saint-
Nicolas, les cloches des églises; par là-dessus le mistral
qui prenait tous ces bruits, toutes ces clameurs, les roulait,
les secouait, les confondait avec sa propre voix et en fai-
10 sait une musique folle, sauvage, héroïque comme la
grande fanfare du voyage, fanfare qui donnait envie de
partir, d'aller loin, d'avoir des ailes.

C'est au son de cette belle fanfare que l'intrépide Tartarin de Tarascon s'embarqua pour le pays des lions!...

7 *mistral:* a name given in southern France to the northwest
wind. It really means *master.*

DEUXIÈME ÉPISODE

CHEZ LES TURCS

I

LA TRAVERSÉE. — LES CINQ POSITIONS DE LA CHECHIA.
LE SOIR DU TROISIÈME JOUR. — MISÉRICORDE

JE voudrais, mes chers lecteurs, être peintre et grand
peintre pour mettre sous vos yeux, en tête de ce second
épisode, les différentes positions que prit la *chechia* de
Tartarin de Tarascon, dans ces trois jours de traversée
5 qu'elle fit à bord du *Zouave*, entre la France et l'Algérie.

Je vous la montrerais d'abord au départ sur le pont,
héroïque et superbe comme elle était, auréolant cette belle
tête tarasconnaise. Je vous la montrerais ensuite à la sortie du port, quand le *Zouave* commence à caracoler sur
10 les lames : je vous la montrerais frémissante, étonnée, et
comme sentant déjà les premières atteintes de son mal.

Puis, dans le golfe du Lion, à mesure qu'on avance au
large et que la mer devient plus dure, je vous la ferais
voir aux prises avec la tempête, se dressant effarée sur
15 le crâne du héros, et son grand flot de laine bleue qui se
hérisse dans la brume de mer et la bourrasque... Quatrième position. Six heures du soir, en vue des côtes corses. L'infortunée *chechia* se penche par-dessus le bas-
tinage et lamentablement regarde et sonde la mer...

12 *golfe du Lion* : the Bay of Biscay, on the coast of France and
Spain.

Enfin, cinquième et dernière position, au fond d'une étroite cabine, dans un petit lit qui a l'air d'un tiroir de commode, quelque chose d'informe et de désolé roule en geignant sur l'oreiller. C'est la *chechia*, l'héroïque *che-*
5 *chia* du départ, réduite maintenant au vulgaire état de casque à mèche et s'enfonçant jusqu'aux oreilles d'une tête de malade blême et convulsionnée...

Ah! si les Tarasconnais avaient pu voir leur grand Tartarin couché dans son tiroir de commode sous le jour
10 blafard et triste qui tombait des hublots, parmi cette odeur fade de cuisine et de bois mouillé, l'écœurante odeur du paquebot; s'ils l'avaient entendu râler à chaque battement de l'hélice, demander du thé toutes les cinq minutes et jurer contre le garçon avec une petite voix d'enfant,
15 comme ils s'en seraient voulu de l'avoir obligé à partir...

Ma parole d'historien! le pauvre *Turc* faisait pitié. Surpris tout à coup par le mal, l'infortuné n'avait pas eu le courage de desserrer sa ceinture algérienne, ni de se défubler de son arsenal. Le couteau de chasse à gros manche
20 lui cassait la poitrine, le cuir de son revolver lui meurtrissait les jambes. Pour l'achever, les bougonnements de Tartarin-Sancho, qui ne cessait de geindre et de pester:

« Imbécile, va!... Je te l'avais bien dit!... Ah! tu as voulu aller en Afrique... Eh bien, té! la voilà l'Afrique!
25 ... Comment la trouves-tu? »

Ce qu'il y avait de plus cruel, c'est que du fond de sa cabine, le malheureux entendait les passagers du grand salon rire, manger, chanter, jouer aux cartes. La société était aussi joyeuse que nombreuse à bord du *Zouave*. Des
30 officiers qui rejoignaient leurs corps, des cabotins, un riche musulman qui revenait de la Mecque, un prince

---

6 *casque à mèche*: see *casque*.—31 *La Mecque* (Eng. Mecca), in Arabia, and the birthplace of Mohamed, is known for its mosque, the Kaaba, where thousands of pilgrims flock every year.

monténégrin très farceur qui faisait des imitations de Gil Pérès... Pas un de ces gens-là n'avait le mal de mer, et leur temps se passait à boire du champagne avec le capitaine du *Zouave,* un bon vivant de Marseillais, qui répon-
5 dait au joyeux nom de Barbassou.

Tartarin de Tarascon en voulait à tous ces misérables. Leur gaité redoublait son mal...

Enfin, dans l'après-midi du troisième jour, il se fit à bord du navire un mouvement extraordinaire qui tira
10 notre héros de sa longue torpeur. La cloche de l'avant sonnait. On entendait les grosses bottes des matelots courir sur le pont.

« Machine en avant !...machine en arrière ! » criait la voix enrouée du capitaine Barbassou.
15 Puis : « Machine, stop ! » Un grand arrêt, une secousse, et plus rien... Rien que le paquebot se balançant silencieusement de droite à gauche, comme un ballon dans l'air...

Cet étrange silence épouvanta le Tarasconnais.
20 « Miséricorde ! nous sombrons !...» cria-t-il d'une voix terrible, et, retrouvant ses forces par magie, il bondit de sa couchette, et se précipita sur le pont avec son arsenal.

II

AUX ARMES ! AUX ARMES !

ON ne sombrait pas, on arrivait.

Le *Zouave* venait d'entrer dans la rade, une belle rade
25 aux eaux noires et profondes, mais silencieuse, morne,

---

1 *monténégrin :* an inhabitant of Montenegro, an unimportant monarchy bordering on Turkey.— *Gil Pérès :* a comic actor who was at the zenith of his reputation towards 1865.

presque déserte. En face, sur une colline, Alger la blanche avec ses petites maisons d'un blanc mat qui descendent vers la mer, serrées les unes contre les autres. Par là-dessus un grand ciel de satin bleu, oh ! mais si bleu !...

5 L'illustre Tartarin, un peu remis de sa frayeur, re-gardait le paysage, en écoutant avec respect le prince monténégrin, qui, debout à ses côtés, lui nommait les dif-férents quartiers de la ville. Très bien élevé, ce prince monténégrin ; de plus connaissant à fond l'Algérie et par-
10 lant l'arabe couramment. Aussi Tartarin se proposait-il de cultiver sa connaissance... Tout à coup, le long du bastingage contre lequel ils étaient appuyés, le Tarascon-nais aperçoit une rangée de grosses mains noires qui se cramponnaient par dehors. Presque aussitôt une tête de
15 nègre toute crépue apparaît devant lui, et, avant qu'il ait eu le temps d'ouvrir la bouche, le pont se trouve envahi de tous côtés par une centaine de forbans, noirs, jaunes, hideux, terribles.

Ces forbans-là, Tartarin les connaissait... C'étaient
20 eux, c'est à dire ILS, ces fameux ILS qu'il avait si souvent cherchés la nuit dans les rues de Tarascon. Enfin ILS se décidaient donc à venir.

...D'abord la surprise le cloua sur place. Mais quand il vit les forbans se précipiter sur les bagages, arracher la
25 bâche qui les recouvrait, commencer enfin le pillage du navire, alors le héros se réveilla, et dégaînant son couteau de chasse : « Aux armes ! aux armes ! » cria-t-il aux voya-geurs, et le premier de tous, il fondit sur les pirates.

« Qu'est-ce qu'il y a ? qu'est-ce que vous avez ? » fit le
30 capitaine Barbassou, qui sortait de l'entrepont.

« Ah ! vous voilà, capitaine !...vite, vite, armez vos hommes.

—Hé ! pourquoi faire, mon Dieu !

29 *qu'est-ce que vous avez ?* **see** *avoir.*

— Mais vous ne voyez donc pas?...

— Quoi donc?...

— Là...devant vous...les pirates...»

Le capitaine Barbassou le regardait tout ahuri. A ce
5 moment, un grand diable de nègre passait devant eux, en
courant, avec la pharmacie du héros sur son dos:

« Misérable!...attends-moi!...» hurla le Tarasconnais; et il s'élança, la dague en avant.

Barbassou le rattrapa, et, le retenant par sa ceinture:
10 « Mais restez donc tranquille! Ce ne sont pas des pirates... Il y a longtemps qu'il n'y en a plus de pirates...
Ce sont des portefaix.

— Des portefaix!..

— Hé! oui, des portefaix, qui viennent chercher les
15 bagages pour les porter à terre... Rengainez donc votre
coutelas, donnez-moi votre billet, et marchez derrière ce
nègre, un brave garçon, qui va vous conduire à terre, et
même jusqu'à l'hôtel si vous le désirez!...»

Un peu confus, Tartarin donna son billet, et, se met-
20 tant à la suite du nègre, descendit dans une grosse barque
qui dansait le long du navire. Tous ses bagages y étaient
déjà, ses malles, caisses d'armes, conserves alimentaires;
comme ils tenaient toute la barque, on n'eut pas besoin
d'attendre d'autres voyageurs. Le nègre grimpa sur les
25 malles et s'y accroupit comme un singe, les genoux dans ses
mains. Un autre nègre prit les rames... Tous deux regardaient Tartarin en riant et montrant leurs dents blanches.

Debout à l'arrière, avec cette terrible moue qui faisait
la terreur de ses compatriotes, le grand Tarasconnais
30 tourmentait fiévreusement le manche de son coutelas;
car, malgré ce qu'avait pu lui dire Barbassou, il n'était
qu'à moitié rassuré sur les intentions de ces portefaix à
peau d'ébène, qui ressemblaient si peu aux braves portefaix de Tarascon...

Cinq minutes après, la barque arrivait à terre, et Tartarin posait le pied sur ce petit quai, où, trois cents ans auparavant un Espagnol nommé Michel Cervantes préparait un sublime roman qui devait s'appeler *Don Qui-*
5 *chotte!*

III

INVOCATION À CERVANTES. — DÉBARQUEMENT. — OÙ SONT
LES TURCS. — PAS DE TURCS. — DÉSILLUSION

O MICHEL CERVANTES SAAVEDRA, si ce qu'on dit est vrai, qu'aux lieux où les grands hommes ont habité quelque chose d'eux-mêmes erre et flotte dans l'air jusqu'à la fin des âges, ce qui restait de toi sur la plage dut tres-
10 saillir de joie en voyant débarquer Tartarin de Tarascon, ce type merveilleux du Français du Midi en qui s'étaient incarnés les deux héros de ton livre, Don Quichotte et Sancho Pança...

L'air était chaud ce jour-là. Sur le quai ruisselant de
15 soleil, cinq ou six douaniers, des Algériens attendant des nouvelles de France, quelques Maures accroupis qui fumaient leurs longues pipes, des matelots maltais ramenant de grands filets où des milliers de sardines luisaient entre les mailles comme de petites pièces d'argent.
20 Mais à peine Tartarin eut-il mis pied à terre, le quai s'anima, changea d'aspect. Une bande de sauvages, encore plus hideux que les forbans du bateau, se dressa

3 *Michel Cervantes*, the famous author of Don Quixote and also a large number of comedies, was born at Alcala (Spain) in 1547. Before becoming a writer, he was a soldier, fought in the battle of Lepanto and was for five years a prisoner of pirates. On his return to Spain he began to write and gave to the world his novel, which many critics believe to be one of the best works of the world's literature.

d'entre les cailloux de la berge et se rua sur le débarquant. Grands Arabes vêtus de couvertures de laine, petits Maures en guenilles, Nègres, Tunisiens, garçons d'hôtel en tablier blanc, tous criant, hurlant, s'accrochant à ses 5 habits, se disputant ses bagages, l'un emportant ses conserves, l'autre sa pharmacie, et, dans un charabia fantastique, lui jetant à la tête des noms d'hôtel invraisemblables...

Étourdi de tout ce tumulte, le pauvre Tartarin allait, 10 venait, pestait, jurait, se démenait, courait après ses bagages, et, ne sachant comment se faire comprendre de ces barbares, les haranguait en français, en provençal, et même en latin, du latin de Pourceaugnac, *rosa, la rose, bonus, bona, bonum,* tout ce qu'il savait... Peine perdue. 15 On ne l'écoutait pas... Heureusement qu'un petit homme, vêtu d'une tunique à collet jaune, et armé d'une longue canne, intervint comme un dieu d'Homère dans la mêlée, et dispersa toute cette racaille à coups de bâton. C'était un sergent-de-ville algérien. Très poliment, il en-20 gagea Tartarin à descendre à l'hôtel de l'Europe, et le confia à des garçons de l'endroit qui l'emmenèrent, lui et ses bagages, en plusieurs brouettes.

Aux premiers pas qu'il fit dans Alger, Tartarin de Tarascon ouvrit de grands yeux. D'avance il s'était figuré 25 une ville orientale, féerique, mythologique, quelque chose tenant le milieu entre Constantinople et Zanzibar... Il tombait en plein Tarascon... Des cafés, des restaurants,

---

13 *Pourceaugnac:* a character in Molière's well known comedy "Monsieur de Pourceaugnac" (1669). — 17 *Homère:* the greatest of all Greek poets, author of the "Iliad" and "Odyssey." — 26 *Constantinople,* the capital of Turkey, was called after Constantine, the Roman Emperor (274–337). Previous to that time it was called Byzantium.— Its present Turkish name is Stambul. — *Zanzibar:* an island in the Indian Ocean close to the eastern coast of Africa.

de larges rues, des maisons à quatre étages, une petite
place macadamisée où des musiciens de la ligne jouaient
des polkas d'Offenbach, des messieurs sur des chaises
buvant de la bière, des dames, puis des militaires, encore
5 des militaires, toujours des militaires... et pas un Turc!
... Il n'y avait que lui... Aussi, pour traverser la place,
se trouva-t-il un peu gêné. Tout le monde le regardait.
Les musiciens de la ligne s'arrêtèrent, et la polka d'Offenbach resta un pied en l'air.
10   Les deux fusils sur l'épaule, le revolver sur la hanche,
farouche et majestueux comme Robinson Crusoé, Tartarin passa gravement au milieu de tous les groupes ; mais
en arrivant à l'hôtel ses forces l'abandonnèrent. Le départ de Tarascon, le port de Marseille, la traversée, le
15 prince monténégrin, les pirates, tout se brouillait et roulait dans sa tête... Il fallut le monter à sa chambre, le
désarmer, le déshabiller... Déjà même on parlait d'envoyer chercher un médecin ; mais, à peine sur l'oreiller, le
héros se mit à ronfler si haut et de si bon cœur, que l'hô-
20 telier jugea les secours de la science inutiles, et tout le
monde se retira discrètement.

IV

LE PREMIER AFFÛT

TROIS heures sonnaient à l'horloge du Gouvernement,
quand Tartarin se réveilla. Il avait dormi toute la soirée,
toute la nuit, toute la matinée, et même un bon morceau

3 *Offenbach*, the composer of many comic operas, "*La Belle Hé-
lène,*" "*Les Brigands,*" "*La Grande Duchesse de Gérolstein,*" etc., was
born at Cologne in 1809. He died in 1880. — 9 *resta un pied en l'air :*
see *pied*. — 11 *Robinson Crusoé :* the hero of Daniel Defoe's (1661-
1731) celebrated novel of the same name.

de l'après-midi; il faut dire aussi que depuis trois jours la *chechia* en avait vu de rudes!...

La première pensée du héros, en ouvrant les yeux, fut celle-ci: « Je suis dans le pays du lion! » pourquoi ne pas
5 le dire? à cette idée que les lions étaient là tout près, à deux pas, et presque sous la main et qu'il allait falloir en découdre, brr!...un froid mortel le saisit, et il se fourra intrépidement sous sa couverture.

Mais, au bout d'un moment, la gaieté du dehors, le ciel
10 si bleu, le grand soleil qui ruisselait dans la chambre, un bon petit déjeuner qu'il se fit servir au lit, sa fenêtre grande ouverte sur la mer, le tout arrosé d'un excellent flacon de vin, lui rendit bien vite son ancien héroïsme. « Au lion! au lion! » cria-t-il en rejetant sa couverture, et
15 il s'habilla prestement.

Voici quel était son plan: sortir de la ville sans rien dire à personne, se jeter en plein désert, attendre la nuit, s'embusquer, et, au premier lion qui passerait, pan! pan!
... Puis revenir le lendemain déjeuner à l'hôtel de
20 l'Europe, recevoir les félicitations des Algériens et fréter une charrette pour aller chercher l'animal.

Il s'arma donc à la hâte, roula sur son dos la tente-abri dont le gros manche montait d'un bon pied au-dessus de sa tête, et raide comme un pieu, descendit dans la rue. Là,
25 ne voulant demander sa route à personne de peur de donner l'éveil sur ses projets, il tourna carrément à droite, enfila jusqu'au bout les arcades Bab-Azoun, où du fond de leurs noires boutiques des nuées de juifs algériens le regardaient passer, embusqués dans un coin comme des
30 araignées; traversa la place du Théâtre, prit le faubourg et enfin la grande route poudreuse de Mustapha.

2 *en avait vu de rudes:* see *rude.*—6 *falloir en découdre:* see *découdre.* — 25 *donner l'éveil:* see *éveil.* — 27 *les arcades Bab-Azoun:* an important business street in the city of Algiers.

Il y avait sur cette route un encombrement fantastique. Omnibus, fiacres, des fourgons du train, de grandes charrettes de foin traînées par des bœufs, des escadrons de chasseurs d'Afrique, des troupeaux de petits ânes microscopiques, des négresses qui vendaient des galettes, des voitures d'Alsaciens émigrants, des spahis en manteaux rouges, tout cela défilant dans un tourbillon de poussière, au milieu des cris, des chants, des trompettes, entre deux haies de méchantes baraques où l'on voyait de grandes Mahonnaises se peignant devant leurs portes, des cabarets pleins de soldats, des boutiques de bouchers, d'équarrisseurs...

« Qu'est-ce qu'ils me chantent donc avec leur Orient ? » pensait le grand Tartarin ; « il n'y a pas même tant de Turcs qu'à Marseille.»

Tout à coup, il vit passer près de lui, allongeant ses grandes jambes et rengorgé comme un dindon, un superbe chameau. Cela lui fit battre le cœur.

Des chameaux déjà ! Les lions ne devaient pas être loin ; et, en effet, au bout de cinq minutes, il vit arriver vers lui, le fusil sur l'épaule, toute une troupe de chasseurs de lions.

« Les lâches ! » se dit notre héros en passant à côté d'eux, les lâches ! Aller au lion par bandes, et avec des chiens !...» Car il ne se serait jamais imaginé qu'en Algérie on pût chasser autre chose que des lions. Pourtant ces chasseurs avaient de si bonnes figures de commerçants retirés, et puis cette façon de chasser le lion avec des chiens et des carnassières était si patriarcale, que le Tarasconnais, un peu intrigué, crut devoir aborder un de ces messieurs.

2 *fourgons du train :* see *fourgon.* — 10 *Mahonnais, -e :* the name of the inhabitants of the island of Minorca in the Mediterranean. This island, with several others, belongs to Spain. — 13 *Qu'est-ce qu'ils me chantent :* see *chanter.*

« Eh bien, camarade, bonne chasse?

— Pas mauvaise, » répondit l'autre en regardant d'un
œil effaré l'armement considérable du guerrier de Tarascon.

5 « Vous avez tué?

— Mais oui...pas mal...voyez plutôt. » Et le chasseur algérien montrait sa carnassière, toute gonflée de
lapins et de bécasses.

« Comment ça! votre carnassière?...vous les mettez
10 dans votre carnassière?

— Où voulez-vous donc que je les mette?

— Mais alors, c'est...c'est des tout petits...

— Des petits et puis des gros, » fit le chasseur. Et
comme il était pressé de rentrer chez lui, il rejoignit ses
15 camarades à grandes enjambées.

L'intrépide Tartarin en resta planté de stupeur au milieu de la route... Puis, après un moment de réflexion:
« Bah!» se dit-il, « ce sont des blagueurs... Ils n'ont
rien tué du tout...» et il continua son chemin.

20 Déjà les maisons se faisaient plus rares, les passants
aussi. La nuit tombait, les objets devenaient confus...
Tartarin de Tarascon marcha encore une demi-heure. A
la fin il s'arrêta... C'était tout à fait la nuit. Nuit sans
lune, criblée d'étoiles. Personne sur la route... Malgré
25 tout, le héros pensa que les lions n'étaient pas des diligences et ne devaient pas volontiers suivre le grand chemin. Il se jeta à travers champs... A chaque pas des
fossés, des ronces, des broussailles. N'importe! il marchait toujours... Puis tout à coup, halte! « Il y a du lion
30 dans l'air par ici, » se dit notre homme, et il renifla fortement de droite et de gauche.

6 *pas mal:* see *mal.* — 16 *en* refers to the preceding conversation.

V

C'ÉTAIT un grand désert sauvage, tout hérissé de
plantes bizarres, de ces plantes d'Orient qui ont l'air de
bêtes méchantes. Sous le jour discret des étoiles, leur
ombre agrandie s'étirait par terre en tous sens. A droite,
5 la masse confuse et lourde d'une montagne, l'Atlas peut-
être!... A gauche, la mer invisible, qui roulait sourdement... Un vrai gîte à tenter les fauves...

Un fusil devant lui, un autre dans les mains, Tartarin
de Tarascon mit un genou en terre et attendit... Il at-
10 tendit une heure, deux heures... Rien!... Alors il se
souvint que, dans ses livres, les grands tueurs de lions
n'allaient jamais à la chasse sans emmener un petit
chevreau qu'ils attachaient à quelques pas devant eux et
qu'ils faisaient crier en lui tirant la patte avec une ficelle.
15 N'ayant pas de chevreau, le Tarasconnais eut l'idée d'essayer des imitations, et se mit à bêler d'une voix chevro-
tante: « Mê! Mê!...»

D'abord très doucement, parce qu'au fond de l'âme il
avait tout de même un peu peur que le lion l'entendît...
20 puis, voyant que rien ne venait, il bêla plus fort: « Mê!
...Mê!...» Rien encore!... Impatienté, il reprit de
plus belle et plusieurs fois de suite: « Mê!... Mê!...
Mê!...» avec tant de puissance que ce chevreau finissait
par avoir l'air d'un bœuf...

25 Tout à coup, à quelques pas devant lui, quelque chose
de noir et de gigantesque apparut. Il se tut... Cela se
baissait, flairait la terre, bondissait, se roulait, partait au

21 *de plus belle : see beau.*

galop, puis revenait et s'arrêtait net...c'était le lion, à
n'en pas douter!... Maintenant on voyait très bien ses
quatre pattes courtes, sa formidable encolure, et deux
yeux, deux grands yeux qui luisaient dans l'ombre... En
5 joue! feu! pan! pan!... C'était fait. Puis tout de suite
un bondissement en arrière, et le coutelas de chasse au
poing.

Au coup de feu du Tarasconnais, un hurlement terrible
répondit.

10 « Il en a!» cria le bon Tartarin, et, ramassé sur ses
fortes jambes, il se préparait à recevoir la bête; mais elle
s'enfuit au triple galop en hurlant...

« Si je faisais un somme en attendant le jour?» se
dit-il, et, pour éviter les rhumatismes, il eut recours à la
15 tente-abri... Mais, cette tente-abri était d'un système si
ingénieux, si ingénieux, qu'il ne put jamais venir à bout
de l'ouvrir.

Il eut beau s'escrimer et suer pendant une heure, la
tente ne s'ouvrit pas... Il y a des parapluies qui, par
20 des pluies torrentielles, s'amusent à vous jouer de ces
tours-là... De guerre lasse, le Tarasconnais jeta l'ustensile par terre, et se coucha dessus.

« Ta, ta, ra, ta Tarata!...

— Qu'est-ce que c'est?...» fit Tartarin, s'éveillant en
25 sursaut.

C'étaient les clairons des chasseurs d'Afrique qui sonnaient la diane, dans les casernes... Le tueur de lions,
stupéfait, se frotta les yeux... Lui qui se croyait en plein
désert!... Savez-vous où il était?... Dans un carré
30 d'artichauts, entre un plant de choux-fleurs et un plant de
betteraves.

10 *il en a* : see *avoir.* — 23 *Ta, ta, ra, ta, Tarata !* an imitation of
the flourish of trumpets. — 26 *chasseurs d'Afrique* : a corps of light
cavalry in the French army, most of which is garrisoned in Algeria.

Son Sahara avait des légumes... Tout près de lui, sur
une jolie côte verte, des villas algériennes, toutes blanches,
luisaient dans la rosée du jour levant: on se serait cru
aux environs de Marseille.

5 La physionomie bourgeoise de ce paysage endormi
étonna beaucoup le pauvre homme, et le mit de fort méchante humeur.

« Ces gens-là sont fous, » se disait-il, « de planter leurs
artichauts dans le voisinage du lion...car enfin, je n'ai
10 pas rêvé... Les lions viennent jusqu'ici... En voilà la
preuve... »

La preuve, c'étaient des taches de sang que la bête en
fuyant avait laissées derrière elle. Penché sur cette piste
sanglante, l'œil aux aguets, le revolver au poing, le vail-
15 lant Tarasconnais arriva, d'artichaut en artichaut, jusqu'à
un petit champ d'avoine... De l'herbe foulée, une mare
de sang, et au milieu de la mare, couché sur le flanc avec
une large plaie à la tête, un... Devinez quoi!...

« Un lion, parbleu!... »

20 Non! un âne, un de ces tout petits ânes qui sont si
communs en Algérie et qu'on désigne là-bas sous le nom
de *bourriquots*.

VI

TERRIBLE COMBAT. — LE RENDEZ-VOUS DES LAPINS

Le premier mouvement de Tartarin à l'aspect de sa
malheureuse victime fut un mouvement de dépit. Il y a
25 si loin en effet d'un lion à un *bourriquot!...* Son second
mouvement fut tout à la pitié. Le pauvre bourriquot était

---

1 *Sahara:* an immense desert in northern Africa. — 24 *Il y a si
loin = il y a une si grande différence.*

si joli; il avait l'air si bon! Tartarin s'agenouilla, et du bout de sa ceinture algérienne essaya d'étancher le sang de la malheureuse bête; et ce grand homme soignant ce petit âne, c'était tout ce que vous pouvez imaginer de plus 5 touchant.

Au contact soyeux de la ceinture, le bourriquot, qui avait encore pour deux liards de vie, ouvrit son grand œil gris, remua deux ou trois fois ses longues oreilles comme pour dire: « Merci!...merci!... » Puis une der- 10 nière convulsion l'agita de la tête à la queue et il ne bougea plus.

« Noiraud! Noiraud! » cria tout à coup une voix étranglée par l'angoisse. En même temps dans un taillis voisin les branches remuèrent... Tartarin n'eut que le temps 15 de se relever et de se mettre en garde... C'était une femme!

Elle arriva, terrible et rugissante, sous les traits d'une vieille Alsacienne, armée d'un grand parapluie rouge et réclamant son âne à tous les échos de Mustapha. Certes 20 il aurait mieux valu pour Tartarin avoir affaire à une lionne en furie qu'à cette méchante vieille... Vainement le malheureux essaya de lui faire entendre comment la chose s'était passée; qu'il avait pris Noiraud pour un lion... La vieille crut qu'on voulait se moquer d'elle, et 25 poussant d'énergiques « tarteifle! » tomba sur le héros à coups de parapluie. Tartarin, un peu confus, se défendait de son mieux, parait les coups avec sa carabine, suait, soufflait, bondissait, criait: — « Mais Madame...mais Madame...»

30 Va te promener! Madame était sourde, et sa vigueur le prouvait bien.

7 *pour deux liards :* see *liard.* — 25 *tarteifle :* a corrupted form of the German *der Teufel*, the devil. — 30 *va te promener = c'était inutile.* A slangy expression.

Heureusement un troisième personnage arriva sur le champ de bataille. C'était le mari de l'Alsacienne, Alsacien lui-même et cabaretier, de plus, fort bon comptable. Quand il vit à qui il avait affaire, et que l'assassin ne demandait qu'à payer le prix de la victime, il désarma son épouse et l'on s'entendit.

Tartarin donna deux cents francs; l'âne en valait bien dix. C'est le prix courant des *bourriquots* sur les marchés arabes. Puis on enterra le pauvre Noiraud au pied d'un figuier, et l'Alsacien, mis en bonne humeur par la couleur des douros tarasconnais, invita le héros à venir rompre une croûte à son cabaret, qui se trouvait à quelques pas de la grande route.

Les chasseurs algériens venaient y déjeuner tous les dimanches, car la plaine était giboyeuse et à deux lieues autour de la ville il n'y avait pas de meilleur endroit pour les lapins.

« Et les lions? » demanda Tartarin.

L'Alsacien le regarda, très étonné: « Les lions?

— Oui...les lions...en voyez-vous quelquefois? » reprit le pauvre homme avec un peu moins d'assurance.

Le cabaretier éclata de rire:

« Des lions!...

— Il n'y en a donc pas en Algérie?

— Ma foi! je n'en ai jamais vu... Et pourtant voilà vingt ans que j'habite la province. Cependant je crois bien avoir entendu dire... Il me semble que les journaux... Mais c'est beaucoup plus loin, là-bas, dans le Sud... »

A ce moment, ils arrivaient au cabaret. Un cabaret de banlieue, comme on en voit à Vanves ou à Pantin, avec

11 *douro* (Spanish *duro*), a coin worth about one dollar. — *rompre une croûte :* see *croûte.* — 31 *Vanves :* a village about 7 miles south of Paris.—*Pantin :* a town of 20,000 inhabitants 5 miles north of Paris.

un rameau tout fané au-dessus de la porte, des queues de billard peintes sur les murs et cette enseigne inoffensive :

AU RENDEZ-VOUS DES LAPINS

5   Le Rendez-vous des Lapins !... O Bravida, quel souvenir !

VII

LE RETOUR

CETTE première aventure aurait eu de quoi décourager bien des gens ; mais les hommes trempés comme Tartarin ne se laissent pas facilement abattre.

10   « Les lions sont dans le Sud, » pensa le héros ; « eh bien ! j'irai dans le Sud.»

Et dès qu'il eut avalé son dernier morceau, il se leva, remercia son hôte, embrassa la vieille sans rancune, versa une dernière larme sur l'infortuné Noiraud, et retourna

15   bien vite à Alger avec la ferme intention de boucler ses malles et de partir le jour même pour le Sud.

Malheureusement la grande route semblait s'être alongée depuis la veille : il faisait un soleil, une poussière ! La tente-abri était d'un lourd !... Tartarin ne se sentit pas le

20   courage d'aller à pied jusqu'à la ville, et le premier omnibus qui passa, il fit signe et monta dedans...

Tartarin étant monté, l'omnibus fut complet. Il y avait au fond, le nez dans son bréviaire, un vicaire d'Alger à

---

1 *un rameau tout fané au-dessus de la porte :* in French villages, inns and taverns are, as in older times, sometimes indicated by a small branch of a tree hanging over the front door. Cf. with English proverb " Good wine needs no bush."—22 *l'omnibus fut complet :* the omnibus was full. An ironic reference to Tartarin's equipment and corpulence.

grande barbe noire. En face, un jeune marchand maure, qui fumait de grosses cigarettes. Puis, un matelot maltais, et quatre ou cinq Mauresques masquées de linges blancs, et dont on ne pouvait voir que les yeux. Ces
5 dames venaient de faire leurs dévotions au cimetière d'Abd-el-Kader; mais cette visite funèbre ne semblait pas les avoir attristées. On les entendait rire et jacasser entre elles sous leurs masques, en croquant des pâtisseries.

Après avoir roulé pendant quelque temps l'omnibus
10 s'arrêta. On était sur la place du Théâtre. Notre héros s'en retourna à l'hôtel et s'y installa confortablement.

VIII

LE PRINCE GRÉGORY DE MONTÉNÉGRO

Il y avait deux grandes semaines que l'infortuné Tartarin était de retour à Alger, et il y menait, ma foi! une existence des plus agréables, pensant à tout excepté
15 aux lions.

En hiver, toutes les nuits de samedi, le grand théâtre d'Alger donne un bal masqué. C'est l'éternel et insipide bal masqué de province. Peu de monde dans la salle, le vrai coup d'œil n'est pas là. Il est au foyer, transformé
20 pour la circonstance en salon de jeu... Une foule fiévreuse et bariolée s'y bouscule, autour des longs tapis verts: des turcos en permission misant les gros sous du prêt, des Maures marchands de la ville haute, des nègres, des Maltais, des colons de l'intérieur qui ont fait quarante

6 *Abd-el-Kader:* an Arab chief who fought the French for over 15 years. He was taken prisoner in 1847 and after being liberated in 1852 he became a fast friend of his former enemies. — 22 *Turco:* native Algerian soldier incorporated in the French army.

lieues pour venir hasarder sur un as l'argent d'une charrue ou d'un couple de bœufs...tous frémissants, pâles,
les dents serrées, avec ce regard singulier du joueur.

Plus loin, ce sont des tribus de juifs algériens, jouant
5 en famille. Les hommes ont le costume oriental hideusement agrémenté de bas bleus et de casquettes de velours.
Les femmes se tiennent toutes raides dans leurs étroits
plastrons d'or... Groupée autour des tables, toute la
tribu piaille se concerte, compte sur ses doigts et joue
10 peu. De temps en temps seulement, après de longs con-
ciliabules, un vieux patriarche à barbe grise se détache,
et va risquer le douro familial... ·

Puis des querelles, des batailles, des jurons de tous les
pays, des cris fous dans toutes les langues.

15 C'est au milieu de ces saturnales que le grand Tartarin
était venu s'égarer un soir.

Le héros s'en allait seul, dans la foule, quand, tout à
coup, à une table de jeu, par-dessus le bruit de l'or, deux
voix irritées s'élevèrent :

20 « Je vous dis qu'il me manque vingt francs, M'sieu!...
— M'sieu !
— Eh bien!... M'sieu!...
— Apprenez à qui vous parlez, M'sieu!
— Je ne demande pas mieux, M'sieu!

25 — Je suis le prince Grégory du Monténégro, M'sieu!»
A ce nom Tartarin, tout ému, fendit la foule et vint se
placer au premier rang, joyeux et fier de retrouver son
prince, ce prince monténégrin si poli dont il avait ébauché
la connaissance à bord du paquebot...

30 Malheureusement, ce titre d'altesse, qui avait tant
ébloui le bon Tarasconnais, ne produisit pas la moindre
impression sur l'officier de chasseurs avec qui le prince
avait son algarade.

20 *M'sieu = Monsieur.* — **23** *Je ne demande pas mieux :* **see** *mieux.*

« Me voilà bien avancé... » fit le militaire en ricanant;
puis se tournant vers la galerie: « Grégory du Monténégro...qui connait ça?... Personne! »

Tartarin indigné fit un pas en avant.

5   « Pardon...je connais le prince! » dit-il d'une voix très
ferme.

L'officier de chasseurs le regarda un moment bien en
face, puis levant les épaules:

« Allons! c'est bon... Partagez-vous les vingt francs
10 qui manquent et qu'il n'en soit plus question.»

Là-dessus il tourna le dos et se perdit dans la foule.

Le fougueux Tartarin voulait s'élancer derrière lui,
mais le prince l'en empêcha:

« Laissez...j'en fais mon affaire.»

15   Et, prenant le Tarasconnais par le bras, il l'entraina dehors rapidement.

Dès qu'ils furent sur la place, le prince Grégory du
Monténégro se découvrit, tendit la main à notre héros, et,
se rappelant vaguement son nom, commença d'une voix
20 vibrante:

« Monsieur Barbarin...

— Tartarin! » souffla l'autre timidement.

— Tartarin, Barbarin, n'importe!... Entre nous, maintenant, c'est à la vie, à la mort! »

25   Et le noble Monténégrin lui secoua la main avec une farouche énergie... Vous pensez si le Tarasconnais était
fier.

« Prince!... Prince! » répétait-il avec ivresse.

Un quart d'heure après, ces deux messieurs étaient ins-
30 tallés au restaurant des Plantes, agréable maison dont
les terrasses plongent sur la mer, et là, devant une salade

---

1 *Me voilà bien avancé*: see *avancé.* — 3 *ça*: note disdainful meaning of this word when applied to a person. — 14 *j'en fais mon affaire*:
see *affaire.* — 24 *c'est à la vie, à la mort*: see *vie.*

russe arrosée d'un joli vin blanc, on renoua connaissance.

Vous ne pouvez rien imaginer de plus séduisant que ce
prince monténégrin. Mince, fin, les cheveux crépus, frisé,
5 rasé à la pierre ponce, constellé d'ordres bizarres, il avait
l'œil futé, le geste câlin et un accent vaguement italien qui
lui donnait un faux air de Mazarin sans moustaches ; très
ferré d'ailleurs sur les langues latines, et citant à tout
propos Tacite, Horace et les Commentaires.

10 De vieille race héréditaire, ses frères l'avaient, paraît-il,
exilé dès l'âge de dix ans, à cause de ses opinions libérales,
et depuis il courait le monde pour son instruction et son
plaisir, en Altesse philosophe... Coïncidence singulière !
Le prince avait passé trois ans à Tarascon, et comme Tar-
15 tarin s'étonnait de ne l'avoir jamais rencontré au cercle ou
sur l'Esplanade : « Je sortais peu...» fit l'Altesse d'un
ton évasif. Et le Tarasconnais, par discrétion, n'osa pas
en demander davantage. Toutes ces grandes existences
ont des côtés si mystérieux !...

20 On but sec et longtemps. On trinqua « au Monténégro
libre !...»

Dehors sous la terrasse, la mer roulait, et les vagues,
dans l'ombre, battaient doucement la rive. L'air était
chaud, le ciel plein d'étoiles.

25 Dans les platanes, un rossignol chantait...
Ce fut Tartarin qui paya la note.

---

5 *rasé à la pierre ponce :* see *rasé.* — 6 *Mazarin :* an Italian cardi-
nal who succeeded Richelieu as prime minister of Louis XIII. and,
after the latter's death, of Louis XIV. (1602–1661). — 9 *Tacite :* Tacitus,
a Roman historian (54–140 B.C.). — *Horace :* a celebrated Latin poet
(64 B.C.–8 A.D.). — *les Commentaires :* Caesar's Commentaries on the
Gallic War is here meant.

IX

ON NOUS ÉCRIT DE TARASCON

Par une belle après-midi de ciel bleu et de brise tiède, Tartarin, vêtu en Turc, se promenait à dos de mule, bercé au bruit de ses grands étriers et suivant de tout son corps le mouvement de la bête. Le brave homme s'en allait 5 ainsi dans un paysage adorable, les deux mains croisées sur son ventre, aux trois quarts assoupi par le bien-être et la chaleur.

Tout à coup, en rentrant dans la ville, un appel formidable le réveilla.

10 « Hé! Qu'est-ce que c'est? on dirait monsieur Tartarin.»

A ce nom de Tartarin, à cet accent joyeusement méridional, le Tarasconnais leva la tête et aperçut à deux pas de lui la brave figure tannée de maitre Barbassou, le 15 capitaine du *Zouave*, qui prenait l'absinthe en fumant sa pipe sur la porte d'un petit café.

« Hé! c'est vous, Barbassou,» fit Tartarin en arrêtant sa mule.

Au lieu de lui répondre, Barbassou le regarda un mo- 20 ment avec de grands yeux; puis, le voilà parti à rire, à rire tellement, que Tartarin en resta tout interloqué.

« Qué turban, mon pauvre monsieur Tartarin!... C'est donc vrai ce qu'on dit, que vous vous êtes fait Turc?»

Et le brave capitaine se remit à rire plus fort.

25 Puis voyant la mine du pauvre homme qui s'allongeait, il se ravisa.

« Au fait, ce n'est pas mon affaire... Seulement, voyez-vous, monsieur Tartarin, vous ferez tout de même

20 *le voilà parti de rire :* see *rire.* — 22 *Qué = quel.*

bien de vous méfier des Maures algériens et des princes du Monténégro!...»

Tartarin se dressa sur ses étriers, en faisant sa moue.

« Le prince est mon ami, capitaine

5 — Bon! bon! ne nous fâchons pas... Vous ne prenez pas une absinthe? Non. Rien à faire dire au pays?... Non plus... Eh bien! alors, bon voyage. A propos, collègue, j'ai là du bon tabac de France, si vous en vouliez emporter quelques pipes, cela vous fera du bien. Ce sont 10 vos tabacs d'Orient qui vous brouillent les idées.»

Là-dessus le capitaine retourna à son absinthe et Tartarin, tout pensif, reprit sa promenade au petit trot. Bien que sa grande âme se refusât à rien en croire, les insinuations de Barbassou l'avaient attristé, puis l'accent de là15 bas, tout cela éveillait en lui de vagues remords.

A l'hôtel il ne trouva personne. En proie à une indéfinissable mélancolie, il s'assit et bourra une pipe avec le tabac de Barbassou. Ce tabac était enveloppé dans un fragment du *Sémaphore*. En le déployant, le nom de sa 20 ville natale lui sauta aux yeux.

On nous écrit de Tarascon:

«La ville est dans les transes. Tartarin, le tueur de lions, parti «pour chasser les grands félins en Afrique, n'a pas donné de ses nou-«velles depuis plusieurs mois ... Qu'est devenu notre héroïque com-25 «patriote?... On ose à peine se le demander, quand on a connu «comme nous cette tête ardente, cette audace, ce besoin d'aventures ... «A-t-il été comme tant d'autres englouti dans le sable, ou bien est-il «tombé sous la dent meurtrière d'un de ces monstres de l'Atlas «dont il avait promis les peaux à la municipalité?... Terrible incer-30 «titude! Pourtant des marchands nègres, venus à la foire de Beau-«caire, prétendent avoir rencontré en plein désert un Européen dont le «signalement se rapportait au sien, et qui se dirigeait vers Tombouc-«tou ... Dieu nous garde notre Tartarin!»

6 *Rien à faire dire au pays :* see *dire.*—**16** *En :* in English we use the indefinite article. — **19** *Sémaphore :* the name of a newspaper published at Marseilles. — **23** *n'a pas donné de ses nouvelles :* see *nouvelle.* **32** *Tombouctou* (Eng. Timbuctoo), an important trading town of eastern

Quand il lut cela, le Tarasconnais rougit, pâlit, frissonna. Tout Tarascon lui apparut : le cercle, les chasseurs
de casquettes, le fauteuil vert chez Costecalde, et, planant
au-dessus comme un aigle éployé, la formidable moustache
5 du brave commandant Bravida.

Alors, de se voir là, comme il était, vivant dans la
paresse, tandis qu'on le croyait en train de massacrer des
fauves, Tartarin de Tarascon eut honte de lui-même et
pleura.

10   Tout à coup le héros bondit :

« Au lion ! au lion ! »

Et s'élançant dans le réduit poudreux où dormaient la
tente-abri, la pharmacie, les conserves, la caisse d'armes,
il les traîna au milieu de la cour de l'hôtel.

15   Tartarin-Sancho venait d'expirer ; il ne restait plus que
Tartarin-Quichotte.

Le temps d'inspecter son matériel, de s'armer, de se
harnacher, de rechausser ses grandes bottes, d'écrire deux
mots au prince, et l'intrépide Tarasconnais roulait en dili-
20 gence sur la route de Blidah, laissant là le turban, les
babouches et toute sa défroque musulmane.

Sudan on the Niger river, was annexed to the French possessions in
Africa in 1892. — 20 *Blidah :* a thriving town of 10,000 inhabitants
south of Algiers.

CHEZ LES LIONS

I

LES DILIGENCES DÉPORTÉES

C'ÉTAIT une vieille diligence d'autrefois, capitonnée à
l'ancienne mode de drap gros bleu tout fané, avec ces
énormes pompons de laine rêche qui, après quelques
heures de route, finissent par vous faire des moxas dans
5 le dos... Tartarin de Tarascon avait un coin de la rotonde; il s'y installa de son mieux, et en attendant de
respirer les émanations musquées des grands félins d'Afrique, le héros dut se contenter de cette bonne vieille odeur
de diligence, bizarrement composée de mille odeurs,
10 hommes, chevaux, cuir, victuailles et paille moisie.

Il y avait de tout un peu dans cette rotonde. Un trappiste, des marchands juifs, un photographe d'Orléansville... Mais, si charmante et variée que fût la compagnie, le Tarasconnais n'était pas en train de causer et
15 resta là tout pensif, avec ses carabines entre ses genoux...
Son départ précipité, la terrible chasse qu'il allait entreprendre, tout cela lui troublait la cervelle, sans compter
qu'avec son bon air patriarcal, cette diligence européenne,
retrouvée en pleine Afrique, lui rappelait vaguement le

12 *Orléansville :* on the Chélif river, about 100 miles south of the
Mediterranean. — 14 *n'était pas en train :* see *train.*

Tarascon de sa jeunesse, des courses dans la banlieue, de petits dîners au bord du Rhône, une foule de souvenirs...

Peu à peu la nuit tomba. Le conducteur alluma ses lanternes... La diligence rouillée sautait en criant sur ses
5 vieux ressorts; les chevaux trottaient, les grelots tintaient... De temps en temps là-haut, sous la bâche de l'impériale, un terrible bruit de ferraille... C'était le matériel de guerre.

Tartarin de Tarascon, aux trois quarts assoupi, resta
10 un moment à regarder les voyageurs comiquement secoués par les cahots, et dansant devant lui comme des ombres falottes, puis ses yeux s'obscurcirent, sa pensée se voila, et il n'entendit plus que très vaguement geindre l'essieu des roues, et les flancs de la diligence qui se plaignaient...

15 Subitement, une voix, une voix de vieille fée, enrouée, cassée, fêlée, appela le Tarasconnais par son nom: « Monsieur Tartarin! monsieur Tartarin!

— Qui m'appelle?

— C'est moi, monsieur Tartarin; vous ne me reconnais-
20 sez pas?... Je suis la vieille diligence qui faisait — il y a vingt ans — le service de Tarascon à Nimes... Que de fois je vous ai portés, vous et vos amis, quand vous alliez chasser les casquettes du côté de Joncquières ou de Bellegarde!... Je ne vous ai pas remis d'abord, à cause de
25 votre bonnet de Turc et du corps que vous avez pris; mais sitôt que vous vous êtes mis à ronfler, je vous ai reconnu tout de suite.

— C'est bon! c'est bon!» fit le Tarasconnais un peu vexé.

30 Puis, se radoucissant:

— Mais enfin, ma pauvre vieille, qu'est-ce que vous êtes venu faire ici?

21 *Nimes :* see page 26, line 23. — 23 *Joncquières . . . Bellegarde :* two small villages near Tarascon.

—Ah! mon bon monsieur Tartarin, je n'y suis pas venue de mon plein gré, je vous assure... Une fois que le chemin de fer de Beaucaire a été fini, ils ne m'ont plus trouvée bonne à rien et ils m'ont envoyée en Afrique...
5 Et je ne suis pas la seule! presque toutes les diligences de France ont été déportées comme moi. On nous trouvait trop réactionnaires, et maintenant nous voilà toutes ici à mener une vie de galère... C'est ce qu'en France vous appelez les chemins de fer algériens.»

10 Ici la vieille diligence poussa un long soupir; puis elle reprit:

« Ah! monsieur Tartarin, que je le regrette, mon beau Tarascon! C'était alors le bon temps pour moi, le temps de la jeunesse! il fallait me voir partir le matin, lavée à
15 grande eau et toute luisante avec mes roues vernissées à neuf, mes lanternes qui semblaient deux soleils et ma bâche toujours frottée d'huile! C'est ça qui était beau quand le postillon faisait claquer son fouet! Alors mes quatre chevaux s'ébranlaient au bruit des grelots, des
20 aboiements, des fanfares, les fenêtres s'ouvraient, et tout Tarascon regardait avec orgueil la diligence détaler sur la grande route.

Quelle belle route, monsieur Tartarin, large, bien entretenue, avec ses bornes kilométriques, ses petits tas de
25 pierres régulièrement espacés, et de droite et de gauche ses jolies plaines d'oliviers et de vignes... Puis, des auberges tous les dix pas, des relais toutes les cinq minutes... Et mes voyageurs, quelles braves gens! des maires et des curés qui allaient à Nimes voir leur préfet

9 *chemins de fer algériens*: Daudet's ironical reference would have no meaning at the present time, as Algeria is now well provided with railroads. — 14 *à grande eau*: see *eau*. — 18 *faisait claquer son fouet*: see *fouet*. — 24 *ses petits tas de pierre*: cubic yards of broken stone for repairing the road. — 29 *préfet*: the highest official in a French department is called *préfet*.

ou leur évêque, des collégiens en vacances, des paysans en
blouse brodée tout frais rasés du matin, et là-haut, sur
l'impériale, vous tous, messieurs les chasseurs de casquettes, qui étiez toujours de si bonne humeur, et qui chantiez
5 si bien chacun *la vôtre*, le soir, aux étoiles, en revenant !

Maintenant c'est une autre histoire... Les gens que je
charrie c'est un tas de mécréants venus je ne sais d'où,
des nègres, des Bédouins, des aventuriers de tous les pays,
des colons en guenilles qui m'empestent de leurs pipes, et
10 tout cela parlant un langage auquel on ne comprend
rien... Et puis vous voyez comme on me traite ! Jamais
brossée, jamais lavée. Au lieu de mes gros bons chevaux
tranquilles d'autrefois, de petits chevaux arabes qui se bat-
tent, se mordent, dansent en courant comme des chèvres,
15 et me brisent mes brancards à coups de pieds... Aïe !...
aïe !...tenez !... Voilà que cela commence... Et les
routes ! Par ici, c'est encore supportable, parce que nous
sommes près du gouvernement ; mais là-bas, pas de chemin du tout. On va comme on peut, à travers monts et
20 plaines, dans les palmiers nains, dans les lentisques...
Pas un seul relais fixe. On arrête au caprice du conducteur, tantôt dans une ferme, tantôt dans une autre.

Quelquefois ce polisson-là me fait faire un détour de
deux lieues pour aller chez un ami boire l'absinthe. Après
25 quoi, fouette, postillon ! il faut rattraper le temps perdu.
Le soleil cuit, la poussière brûle. Fouette toujours ! On
accroche, on verse ! Fouette plus fort ! On passe des
rivières à la nage, on s'enrhume, on se mouille, on se
noie... Fouette ! fouette ! fouette !... Puis le soir, toute
30 ruisselante, — c'est cela qui est bon à mon âge, avec mes
rhumatismes !... — il me faut coucher à la belle étoile,

2 *tout frais rasés :* see *raser.* — **5** *la vôtre = votre chanson.* — **8** *Bé-*
douins : a tribe of nomadic Arabs living in the desert. — **31** *à la belle*
étoile : see *étoile.*

dans une cour de caravansérail ouverte à tous les vents. La nuit, des chacals, des hyènes viennent flairer mes caissons, et les maraudeurs qui craignent la rosée se mettent au chaud dans mes compartiments... Voilà la vie que
5 je mène, mon pauvre monsieur Tartarin, et je la mènerai jusqu'au jour où, brûlée par le soleil, pourrie par les nuits humides, je tomberai sur un coin de méchante route, où les Arabes feront bouillir leur kousskouss avec les débris de ma vieille carcasse...
10   — Blidah ! Blidah ! » fit le conducteur en ouvrant la portière.

II

OÙ L'ON VOIT PASSER UN PETIT MONSIEUR

VAGUEMENT, à travers les vitres, Tartarin de Tarascon entrevit une place de jolie petite ville, place régulière, entourée d'arcades et plantée d'orangers, au milieu de la-
15 quelle de petits soldats faisaient l'exercice dans la claire brume rose du matin. Les cafés ôtaient leurs volets. Dans un coin, une halle avec des légumes... C'était charmant, mais cela ne sentait pas encore le lion.

« Au sud !... Plus au sud ! » murmura le bon Tartarin
20 en se renfonçant dans son coin.

A ce moment, la portière s'ouvrit. Une bouffée d'air frais entra, apportant sur ses ailes, dans le parfum des orangers fleuris, un tout petit monsieur en redingote noisette, vieux, sec, ridé, compassé, une figure grosse comme
25 le poing, une cravate en soie noire haute de cinq doigts, une serviette en cuir, un parapluie : le parfait notaire de village.

3 *se mettent au chaud* : see *chaud.* — 8 *kousskouss* : meat and corn flour balls fried in olive oil. — 26 *serviette en cuir* : see *serviette.*

En apercevant le matériel de guerre du Tarasconnais, le petit monsieur, qui s'était assis en face, parut excessivement surpris et se mit à regarder Tartarin avec une insistance gênante.

5　On détela, on attela, la diligence partit... Le petit monsieur regardait toujours Tartarin... A la fin le Tarasconnais prit la mouche.

« Ça vous étonne? » fit-il en regardant à son tour le petit monsieur bien en face.

10　« Non! Ça me gêne,» répondit l'autre fort tranquillement; et le fait est qu'avec sa tente-abri, son revolver, ses deux fusils dans leur gaine, son couteau de chasse, — sans parler de sa corpulence naturelle, Tartarin de Tarascon tenait beaucoup de place...

15　La réponse du petit monsieur le fâcha:

« Vous imaginez-vous par hasard que je vais aller au lion avec votre parapluie? » dit le grand homme fièrement.

Le petit monsieur regarda son parapluie, sourit douce-
20　ment; puis, toujours avec son même flegme:

« Alors, monsieur, vous êtes...?

— Tartarin de Tarascon, tueur de lions! »

En prononçant ces mots, l'intrépide Tarasconnais secoua comme une crinière le gland de sa *chechia*.

25　Il y eut dans la diligence un mouvement de stupeur.

Le trappiste se signa, et le photographe d'Orléansville se rapprocha du tueur de lions, rêvant déjà l'insigne honneur de faire sa photographie.

Le petit monsieur, lui, ne se déconcerta pas.

30　« Est-ce que vous avez déjà tué beaucoup de lions, monsieur Tartarin? » demanda-t-il très tranquillement.

Le Tarasconnais le reçut de la belle manière:

7 *prit la mouche :* see *mouche.*—32 *le reçut de la belle manière :* see *manière.*

« Si j'en ai beaucoup tué, monsieur!... Je vous souhaiterais d'avoir seulement autant de cheveux sur la tête.»

Et toute la diligence de rire en regardant les trois cheveux jaunes qui se hérissaient sur le crâne du petit mon-
5 sieur.

A son tour le photographe d'Orléansville prit la parole :
« Terrible profession que la vôtre, monsieur Tartarin!
... On passe quelquefois de mauvais moments... Ainsi ce pauvre M. Bombonnel...

10 — Ah! oui, le tueur de panthères...» fit Tartarin assez dédaigneusement.

« Est-ce que vous le connaissez?» demanda le petit monsieur.

« Si je le connais... Nous avons chassé plus de vingt
15 fois ensemble.»

Le petit monsieur sourit : « Vous chassez donc la panthère aussi, monsieur Tartarin?

— Quelquefois, par passe-temps...» fit le Tarasconnais.

20 Il ajouta, en relevant la tête d'un geste héroïque :
« Ça ne vaut pas le lion!

— En somme,» hasarda le photographe d'Orléansville, « une panthère, ce n'est qu'un gros chat...

— Tout juste!» fit Tartarin qui n'était pas fâché de
25 rabaisser un peu la gloire de Bombonnel.

Ici la diligence s'arrêta, le conducteur vint ouvrir la portière et s'adressant au petit vieux :

« Vous voilà arrivé, monsieur,» lui dit-il d'un air très respectueux.

30 Le petit monsieur se leva, descendit, puis avant de refermer la portière :

2 *la tête :* note use of definite article instead of possessive in English.
— 3 *de rire :* note the so-called elliptical infinitive. In translating use present indicative. — 18 *fit = dit.*

« Voulez-vous me permettre de vous donner un conseil, monsieur Tartarin?

— Lequel, monsieur?

— Ma foi! écoutez, vous avez l'air d'un brave homme, 5 j'aime mieux vous dire ce qu'il en est... Retournez vite à Tarascon, monsieur Tartarin... Vous perdez votre temps ici... Il reste bien encore quelques panthères dans la province; mais, fi donc! c'est un trop petit gibier pour vous... Quant aux lions, c'est fini. Il n'en reste plus en 10 Algérie...mon ami Chassaing vient de tuer le dernier.»

Sur quoi le petit monsieur salua, ferma la portière, et s'en alla en riant avec sa serviette et son parapluie.

« Conducteur,» demanda Tartarin en faisant sa moue, « qu'est-ce que c'est donc que ce bonhomme-là?

15 — Comment! vous ne le connaissez pas? mais c'est monsieur Bombonnel.»

III

UN COUVENT DE LIONS

À MILIANAH, Tartarin de Tarascon descendit, laissant la diligence continuer sa route vers le Sud.

Deux jours de durs cahots, deux nuits passées les yeux 20 ouverts à regarder par la portière s'il n'apercevrait pas dans les champs, au bord de la route, l'ombre formidable du lion, tant d'insomnies méritaient bien quelques heures de repos. Et puis, s'il faut tout dire, depuis sa mésaventure avec Bombonnel, le loyal Tarasconnais se sentait mal 25 à l'aise, malgré ses armes, sa moue terrible, son bonnet rouge, devant le photographe d'Orléansville.

10 *Chassaing:* a lion hunter, less known, however, than Jules Gérard. See page 34, line 15. — 17 *Milianah:* a town about 55 miles southwest of Algiers.

Il se dirigea donc à travers les larges rues de Milianah, pleines de beaux arbres et de fontaines ; mais, tout en cherchant un hôtel à sa convenance, le pauvre homme ne pouvait s'empêcher de songer aux paroles de Bombonnel...
5 Si c'était vrai pourtant? S'il n'y avait plus de lions en Algérie?... A quoi bon alors tant de courses, tant de fatigues?...

Soudain, au détour d'une rue, notre héros se trouva face à face...avec qui? Devinez... Avec un lion superbe,
10 qui attendait devant la porte d'un café, assis royalement sur ses pattes de derrière, sa crinière fauve dans le soleil.

« Qu'est-ce qu'ils me disaient donc qu'il n'y en avait plus?» s'écria le Tarasconnais en faisant un saut en arrière... En entendant cette exclamation, le lion baissa la
15 tête et, prenant dans sa gueule une sébile en bois posée devant lui sur le trottoir, il la tendit humblement du côté de Tartarin immobile de stupeur... Un Arabe qui passait jeta un gros sou dans la sébile ; le lion remua la queue... Alors Tartarin comprit tout. Il vit, ce que l'émotion l'a-

18 *gros sou : see sou.*

vait d'abord empêché de voir, la foule attroupée autour
du pauvre lion aveugle et apprivoisé, et les deux grands
nègres armés de gourdins qui le promenaient à travers la
ville comme un Savoyard sa marmotte.

5   Le sang du Tarasconnais ne fit qu'un tour : « Misérables,» cria-t-il d'une voix de tonnerre, « ravaler ainsi ces
nobles bêtes ! » Et, s'élançant sur le lion, il lui arracha
l'immonde sébile d'entre ses royales mâchoires... Les
deux nègres, croyant avoir affaire à un voleur, se précipi-
10 tèrent sur le Tarasconnais, la matraque haute... Ce fut
une terrible bousculade... Les nègres tapaient, les
femmes piaillaient, les enfants riaient. Le lion lui-même,
essaya d'un rugissement, et le malheureux Tartarin, après
un lutte désespérée, roula par terre au milieu des gros-
15 sous et des balayures.

A ce moment, un homme fendit la foule, écarta les nègres d'un mot, les femmes et les enfants d'un geste, releva
Tartarin, le brossa, le secoua, et l'assit tout essoufflé sur
une borne.

20   « Comment ! prince, c'est vous ?...» fit le bon Tartarin
en se frottant les côtes.

« Eh ! oui, mon vaillant ami, c'est moi... Sitôt votre
lettre reçue, j'ai loué une chaise de poste, fait cinquante
lieues ventre à terre, et me voilà juste à temps pour vous
25 arracher à la brutalité de ces rustres... Qu'est-ce que
vous avez donc fait, juste Dieu ! pour vous attirer cette
méchante affaire ?

— Que voulez-vous, prince ?... De voir ce malheureux
lion avec sa sébile aux dents, humilié, vaincu, bafoué, ser-
30 vant de risée à toute cette canaille musulmane...

— Mais vous vous trompez, mon noble ami. Ce lion est,
au contraire, pour eux un objet de respect et d'adoration.
C'est une bête sacrée, qui fait partie d'un grand couvent

24 *ventre à terre :* see *terre.*

de lions, fondé, il y a trois cents ans, une espèce de Trappe
formidable et farouche, pleine de rugissements et d'odeurs
de fauve, où des moines singuliers élèvent et apprivoisent
des lions par centaines, et les envoient de là dans toute
5 l'Afrique septentrionale, accompagnés de frères quêteurs
... Les dons que reçoivent les frères servent à l'entretien
du couvent et de sa mosquée ; et si les deux nègres ont
montré tant d'humeur tout à l'heure, c'est qu'ils ont la
conviction que pour un sou, un seul sou de la quête, volé
10 ou perdu par leur faute, le lion qu'ils conduisent les dé-
vorerait immédiatement.»

En écoutant ce récit invraisemblable et pourtant véridique, Tartarin de Tarascon se délectait et reniflait l'air
bruyamment.

15 « Ce qui me va dans tout ceci,» fit-il en matière de
conclusion, « c'est que, n'en déplaise à mons Bombonnel, il
y a encore des lions en Algérie !...

— S'il y en a l» dit le prince avec enthousiasme...
« Dès demain, nous allons battre la plaine du Chéliff, et
20 vous verrez !...

— Eh quoi ! prince... Auriez-vous l'intention de chasser, vous aussi ?

— Parbleu ! pensez-vous donc que je vous laisserais
vous en aller seul en pleine Afrique, au milieu de ces
25 tribus féroces dont vous ignorez la langue et les usages...
Non ! non ! illustre Tartarin, je ne vous quitte plus...
Partout où vous serez, je veux être.

— Oh ! prince, prince...»

Et Tartarin, radieux, pressa sur son cœur le vaillant
30 Grégory, en songeant avec fierté qu'il allait avoir un
prince étranger pour l'accompagner dans ses chasses.

1 *Trappe* : a celebrated abbey founded in 1140. — 15 *Ce qui me va* :
see *aller*. — 16 *mons* : an ironical form of *Monsieur*. — 19 *plaine du
Chéliff* : the country extending on both banks of the Cheliff river.

IV

Le lendemain, dès la première heure, l'intrépide Tartarin et le non moins intrépide prince Grégory, suivis d'une
demi-douzaine de portefaix nègres, sortaient de Milianah
et descendaient vers la plaine du Chéliff par un raidillon
5 délicieux tout ombragé de jasmins, de tuyas, de carou-
biers, d'oliviers sauvages, entre deux haies de petits jar-
dins indigènes et des milliers de joyeuses sources vives
qui dégringolaient de roche en roche en chantant.

Aussi chargé d'armes que le grand Tartarin, le prince
10 Grégory s'était en plus affublé d'un magnifique et singulier képi tout galonné d'or, avec une garniture de feuilles
de chêne brodées au fil d'argent, qui donnait à Son Altesse
un faux air de général mexicain.

Ce képi intriguait beaucoup le Tarasconnais; et comme
15 il demandait timidement quelques explications:

« Coiffure indispensable pour voyager en Afrique,» répondit le prince avec gravité; et tout en faisant reluire sa
visière d'un revers de manche, il renseigna son naïf compagnon sur le rôle important que joue le képi dans nos
20 relations avec les Arabes, la terreur que cet insigne militaire a, seul, le privilège de leur inspirer, si bien que l'administration civile a été obligée de coiffer tout son monde
avec des képis, depuis le cantonnier jusqu'au receveur de
l'enregistrement.

25 Ainsi causant, la caravane allait son train. Les portefaix — pieds nus — sautaient de roche en roche avec des
cris de singes. Les caisses d'armes sonnaient. Les fusils
flambaient. Les indigènes qui passaient s'inclinaient
jusqu'à terre devant le képi magique... Là-haut, sur les

remparts de Milianah, le chef du bureau arabe, qui se promenait au bon frais avec sa dame, entendant ces bruits
insolites, et voyant des armes luire entre les branches, crut
à un coup de main, fit baisser le pont-levis, battre la géné-
5 rale, et mit incontinent la ville en état de siège.

Beau début pour la caravane !

Malheureusement, avant la fin du jour, les choses se
gâtèrent. Des nègres qui portaient les bagages, l'un fut
pris d'atroces crampes pour avoir mangé le sparadrap de
10 la pharmacie. Un autre tomba sur le bord de la route ivre
mort d'eau-de-vie camphrée. Le troisième, celui qui portait l'album de voyage, séduit par les dorures des fer-
moirs, et persuadé qu'il enlevait les trésors de la Mecque,
se sauva dans la montagne à toutes jambes... Il fallut
15 aviser... La caravane fit halte, et tint conseil dans l'ombre d'un vieux figuier.

« Je serais d'avis, dit le prince, en essayant, mais sans
succès, de délayer une tablette de pemmican dans une
casserole perfectionée à triple fond, je serais d'avis que,
20 dès ce soir, nous renoncions aux porteurs nègres... Il y
a précisément un marché arabe tout près d'ici. Le mieux
est de nous y arrêter, et de faire emplette de quelques
bourriquots...

— Non !...non !...pas de bourriquots !...interrompit
25 vivement le grand Tartarin, que le souvenir de Noiraud
avait fait devenir tout rouge.

Et il ajouta, l'hypocrite :

« Comment voulez-vous que de si petites bêtes puis-
sent porter tout notre attirail ? »
30 Le prince sourit.

« C'est ce qui vous trompe, mon illustre ami. Si maigre
et si chétif qu'il vous paraisse, le bourriquot algérien a les
reins solides... Demandez plutôt aux Arabes.

4 *un coup de main* : see *main.* — 14 *à toutes jambes* : see *jambe.*

— C'est égal,» reprit Tartarin de Tarascon, « je trouve
que, pour le coup d'œil de notre caravane, des ânes ne fe-
raient pas très bien... Je voudrais quelque chose de plus
oriental... Ainsi, par exemple, si nous pouvions avoir un
5 chameau...

— Tant que vous en voudrez,» fit l'Altesse, et l'on se
mit en route pour le marché arabe.

Le marché se tenait à quelques kilomètres, sur les bords
du Chéliff... Il y avait là cinq ou six mille Arabes en
10 guenilles, grouillant au soleil, et trafiquant bruyamment
au milieu des jarres d'olives noires, des pots de miel, des
sacs d'épices et des cigares en gros tas ; de grands feux
où rôtissaient des moutons entiers, ruisselant de beurre ;
des boucheries en plein air, où des nègres, les pieds dans
15 le sang, les bras rouges, dépeçaient, avec de petits cou-
teaux, des chevreaux pendus à une perche.

Par exemple, les chameaux manquaient. On finit pourtant par en découvrir un, dont des Arabes cherchaient à
se défaire. C'était le vrai chameau du désert, chauve, l'air
20 triste, avec sa longue tête et sa bosse qui, devenue flasque
par suite de trop longs jeûnes, pendait mélancoliquement
sur le côté.

Tartarin le trouva si beau, qu'il voulut que la caravane
entière montât dessus... Toujours la folie orientale!...
25 La bête s'accroupit. On sangla les malles.

Le prince s'installa sur le cou de l'animal. Tartarin,
pour plus de majesté, se fit hisser tout en haut de la bosse,
entre deux caisses ; et là, fier et bien calé, saluant d'un
geste noble tout le marché accouru, il donna le signal du
30 départ... Tonnerre! si ceux de Tarascon avaient pu le
voir!...

Le chameau se redressa, allongea ses grandes jambes à
nœuds, et prit son vol...

2 pour le coup d'œil : see œil.

V

Si pittoresque que fût leur nouvelle monture, nos tueurs de lions durent y renoncer, elle n'était décidément pas confortable. On continua donc la route à pied comme devant, et la caravane s'en alla tranquillement vers le Sud
5 par petites étapes, le Tarasconnais en tête, le Monténégrin en queue, et au milieu le chameau avec les caisses d'armes.

L'expédition dura près d'un mois.

Pendant un mois, cherchant des lions introuvables, le terrible Tartarin erra de douar en douar dans l'immense
10 plaine du Chéliff.

Tout entier à sa passion léonine, l'homme de Tarascon allait droit devant lui, l'œil obstinément fixé sur ces monstres imaginaires, qui ne paraissaient jamais.

Comme la tente-abri s'entêtait à ne pas s'ouvrir et les
15 tablettes de pemmican à ne pas fondre, la caravane était obligée de s'arrêter matin et soir dans les tribus. Partout, grâce au képi du prince Grégory, nos chasseurs étaient reçus à bras ouverts. Ils logeaient chez les agas, dans des palais bizarres, grandes fermes blanches sans fenêtres, où
20 l'on trouve pêle-mêle des narghilés et des commodes en acajou, des tapis de Smyrne, des coffres de cèdre pleins de sequins turcs, et des pendules à sujets, style Louis-Philippe... Partout on donnait à Tartarin des fêtes splendides. En son honneur, des goums entiers faisaient parler

9 *douar:* an Arab camp. — 18 *aga :* a military officer in Mohammedan tribes. — 21 *Smyrne* (Eng. Smyrna): a city of Turkey well known for its rug and carpet industry. — 22 *sequin :* a gold coin current in the Orient. — *pendules à sujet:* see *pendule.* — *Louis-Philippe* was king of the French from 1830–1848. — 24 *goums:* an Arab tribe. — *faisaient parler la poudre :* see *poudre.*

la poudre et luire leurs burnous̄ au soleil. Puis, quand la
poudre avait parlé, le bon aga venait et présentait sa
note... C'est ce qu'on appelle l'hospitalité arabe.

Et toujours pas de lions. Pas plus de lions que sur le
5 Pont-Neuf!

Cependant le Tarasconnais ne se décourageait pas.
S'enfonçant bravement dans le Sud, il passait ses journées à battre le maquis, fouillant les palmiers-nains du
bout de sa carabine, et faisant « frrt! frrt! » à chaque
10 buisson. Puis, tous les soirs avant de se coucher, un petit
affût de deux ou trois heures... Peine perdue! le lion ne
se montrait pas.

Un soir pourtant, vers les six heures, comme la caravane traversait un bois de lentisques tout violet où de
15 grosses cailles alourdies par la chaleur sautaient çà et là
dans l'herbe, Tartarin de Tarascon crut entendre — mais
si loin, mais si vague — ce merveilleux rugissement qu'il
avait entendu tant de fois là-bas à Tarascon, derrière la
baraque Mitaine.

20   D'abord le héros croyait rêver... Mais au bout d'un
instant, lointains toujours, quoique plus distincts, les rugissements recommencèrent; et cette fois, tandis qu'à tous
les coins de l'horizon on entendait hurler les chiens des
douars, — secouée par la terreur et faisant retentir les con-
25 serves et les caisses d'armes, la bosse du chameau frissonna.

Plus de doute. C'était le lion... Vite, vite, à l'affût.
Pas une minute à perdre.

Il y avait tout juste près de là un vieux *marabout* (tombeau de saint) à coupole blanche, avec les grandes pantou-
30 fles jaunes du défunt déposées dans une niche au-dessus

1 *burnous* (Eng. bornous): an Arabian cloak.— 5 *le Pont-Neuf*,
a bridge in Paris on which is seen an equestrian statue of Henry IV.,
was begun in 1578 and completed in 1607.— 24 *secouée*: connect with
la bosse du chameau.

de la porte, et un fouillis d'ex-voto bizarres, pans de burnous, fils d'or, cheveux roux, qui pendaient le long des murailles... Tartarin de Tarascon y laissa son prince et son chameau et se mit en quête d'un affût. Le prince
5 Grégory voulait le suivre, mais le Tarasconnais s'y refusa; il tenait à affronter le lion seul à seul. Toutefois il recommanda à Son Altesse de ne pas s'éloigner, et, par mesure de précaution, il lui confia son portefeuille, un gros portefeuille plein de papiers précieux et de billets de banque,
10 qu'il craignait de faire écornifler par la griffe du lion. Ceci fait, le héros chercha son poste.

Cent pas en avant du marabout, un petit bois de lauriers-roses tremblait dans la gaze du crépuscule, au bord d'une rivière presque à sec. C'est là que Tartarin vint
15 s'embusquer, le genou en terre, la carabine au poing et son grand couteau de chasse planté fièrement devant lui dans le sable de la berge.

La nuit arriva. Le rose de la nature passa au violet, puis au bleu sombre... En bas, dans les cailloux de la
20 rivière, luisait comme un miroir à main une petite flaque d'eau claire. C'était l'abreuvoir des fauves. Sur la pente de l'autre berge, on voyait vaguement le sentier blanc que leurs grosses pattes avaient tracé dans les lentisques. Cette pente mystérieuse donnait le frisson. Joignez à cela
25 le fourmillement vague des nuits africaines, branches frôlées, pas de velours d'animaux rôdeurs, aboiements grêles des chacals, et là-haut, dans le ciel, à cent, deux cents mètres, de grands troupeaux de grues qui passent avec des cris aigus; vous avouerez qu'il y avait de quoi être ému.
30 Tartarin l'était. Il l'était même beaucoup. Les dents lui claquaient, le pauvre homme! Et sur la garde de son couteau de chasse planté en terre le canon de son fusil rayé sonnait comme une paire de castagnettes...

26 *pas de velours :* see *pas.* — **30** *Les dents lui claquaient :* see *dent.*

Qu'est-ce que vous voulez! Il y a des soirs où l'on n'est pas brave, et puis où serait le mérite, si les héros n'avaient jamais peur...

Eh bien! oui, Tartarin eut peur, et tout le temps encore. 5 Néanmoins, il tint bon une heure, deux heures, mais l'héroïsme a ses limites... Près de lui, dans le lit desséché de la rivière, le Tarasconnais entend tout à coup un bruit de pas, des cailloux qui roulent. Cette fois la terreur l'enlève de terre. Il tire ses deux coups au hasard dans 10 la nuit, et se replie à toutes jambes sur le marabout, laissant son coutelas debout dans le sable comme une croix commémorative de la plus formidable panique qui ait jamais assailli l'âme d'un dompteur d'hydres.

« A moi, prince...le lion!...»

15 Un silence.

« Prince, prince, êtes-vous là? »

Le prince n'était pas là. Sur le mur blanc du marabout, le bon chameau projetait seul au clair de lune l'ombre bizarre de sa bosse... Le prince Grégory venait 20 de filer en emportant portefeuille et billets de banque... Il y avait un mois que Son Altesse attendait cette occasion...

VI

ENFIN!

Le lendemain de cette aventureuse et tragique soirée, lorsqu'au petit jour notre héros se réveilla, et qu'il eut 25 acquis la certitude que le prince et le magot étaient réellement partis, partis sans retour; lorsqu'il se vit seul dans cette petite tombe blanche, trahi, volé, abandonné en pleine Algérie sauvage avec un chameau et quelque

9 l'enlève de terre : see enlever.

monnaie de poche pour toute ressource, alors, pour la
première fois, le Tarasconnais douta. Il douta du Monténégro, il douta de l'amitié, il douta de la gloire, il
douta même des lions; et il se prit à pleurer amèrement.

5 Or, tandis qu'il était là pensivement assis sur la porte
du marabout, sa tête dans ses deux mains, sa carabine
entre ses jambes, et le chameau qui le regardait, soudain
le maquis d'en face s'écarte et Tartarin stupéfait voit
paraître, à dix pas devant lui, un lion gigantesque s'avan-
10 çant la tête haute et poussant des rugissements formi-
dables qui font trembler les murs du marabout tout char-
gés d'oripeaux et jusqu'aux pantoufles du saint dans leur
niche.

Seul, le Tarasconnais ne trembla pas.

15 « Enfin ! » cria-t-il en bondissant, la crosse à l'épaule...
Pan!...pan! pfft! pfft! C'était fait... Le lion avait
deux balles explosibles dans la tête... Pendant une minute, sur le fond embrasé du ciel africain, ce fut un
spectacle épouvantable de cervelle en éclats, de sang fu-
20 mant et de toison rousse éparpillée. Puis tout retomba
et Tartarin aperçut...deux grands nègres furieux qui
couraient sur lui, la matraque en l'air. Les deux nègres
de Milianah !

O misère ! c'était le lion apprivoisé, le pauvre aveugle
25 du couvent de Mohammed que les balles tarasconnaises
venaient d'abattre.

Cette fois, par Mahom ! Tartarin l'échappa belle. Ivres
de fureur fanatique, les deux nègres quêteurs l'auraient
sûrement mis en pièces, si le Dieu des chrétiens n'avait
30 envoyé à son aide un ange libérateur, le garde champêtre de la commune d'Orléansville arrivant, son sabre
sous le bras, par un petit sentier.

1 *monnaie de poche :* see *monnaie.* — 27 *Mahom* = *Mahomet.* —
l'échappa belle : see *échapper.*

La vue du képi municipal calma subitement la colère des nègres. Paisible et majestueux, l'homme à la plaque dressa procès-verbal de l'affaire, fit charger sur le chameau ce qui restait du lion, ordonna aux plaignants 5 comme au délinquant de le suivre, et se dirigea sur Orléansville, où le tout fut déposé au greffe.

Ce fut une longue et terrible procédure!

L'affaire se jugea enfin, et notre héros en fut quitte pour *deux mille cinq cents francs* d'indemnité, sans les 10 frais.

Comment faire pour payer tout cela? Les quelques piastres échappées à la razzia du prince s'en étaient allées depuis longtemps en papiers légaux.

Le malheureux tueur de lions fut donc réduit à vendre 15 la caisse d'armes au détail, carabine par carabine. Il vendit les poignards, les kriss malais, les casse-tête... Un épicier acheta les conserves alimentaires. Un pharmacien, ce qui restait du sparadrap. Les grandes bottes elles-mêmes y passèrent et suivirent la tente-abri per-20 fectionnée chez un marchand de bric-à-brac, qui les vendit comme curiosités chinoises... Une fois tout payé, il ne restait plus à Tartarin que la peau du lion et le chameau. La peau, il l'emballa soigneusement et la dirigea sur Tarascon, à l'adresse du brave commandant Bra-25 vida. (Nous verrons tout à l'heure ce qu'il advint de cette fabuleuse dépouille.) Quant au chameau, il comptait s'en servir pour regagner Alger, non pas en montant dessus, mais en le vendant pour payer la diligence; ce qui est encore la meilleure façon de voyager à chameau. 30 Malheureusement la bête était d'un placement difficile, et personne n'en offrit un liard.

Tartarin cependant voulait regagner Alger à toute force.

'Aussi n'hésita-t-il pas: et navré, mais point abattu, il
entreprit de faire la route à pied, sans argent, par petites
journées.

En cette occurrence, le chameau ne l'abandonna pas.
5 Cet étrange animal s'était pris pour son maître d'une
tendresse inexplicable, et, le voyant sortir d'Orléansville,
se mit à marcher religieusement derrière lui, réglant son
pas sur le sien et ne le quittant pas d'une semelle.

Au premier moment, Tartarin trouva cela touchant;
10 cette fidélité, ce dévouement, lui allaient au cœur, d'autant que la bête était commode et se nourissait avec
rien. Pourtant, au bout de quelques jours, le Tarasconnais s'ennuya d'avoir perpétuellement sur les talons
ce compagnon mélancolique, qui lui rappelait toutes ses
15 mésaventures; puis, l'aigreur s'en mêlant, il lui en voulut de son air triste, de sa bosse. Pour tout dire, il le
prit en grippe et ne songea plus qu'à s'en débarrasser;
mais l'animal tenait bon... Tartarin essaya de le perdre, le chameau le retrouva; il essaya de courir, le cha-
20 meau courut plus vite... Il lui criait: « Va-t'en! » en
lui jetant des pierres. Le chameau s'arrêtait et le regardait d'un air triste, puis, au bout d'un moment, il se
remettait en route et finissait toujours par le rattraper.
Tartarin dut se résigner.

25 Pourtant, lorsque après huit grands jours de marche,
le Tarasconnais poudreux, harassé, vit de loin étinceler
dans la verdure les premières terrasses blanches d'Alger,
lorsqu'il se trouva aux portes de la ville, au milieu des
zouaves, des Arabes, tous grouillant autour de lui et le
30 regardant défiler avec son chameau, pour le coup la patience lui échappa: « Non! non! » dit-il, « ce n'est pas

3 *par petites journées:* see *journée.* — 8 *ne le quittant pas d'une
semelle:* see *semelle.* — 16 *il le prit en grippe:* see *grippe.* — 25 *huit
grands jours:* see *jour.*

possible...je ne peux pas entrer dans Alger avec un
animal pareil!» et, profitant d'un encombrement de voitures il fit un crochet dans les champs et se jeta dans
un fossé!...

5 Au bout d'un moment, il vit au-dessus de sa tête, sur
la chaussée de la route, le chameau qui filait à grandes
enjambées, allongeant le cou d'un air anxieux.

Alors, soulagé d'un grand poids, le héros sortit de sa
cachette, et rentra dans la ville par un sentier détourné.

VII

BARBASSOU À LA RESCOUSSE

10 EN arrivant devant son hôtel, la première personne que
Tartarin aperçut fut le capitaine Barbassou. « Eh! capitaine, s'écria-t-il, savez-vous où est le prince?

—Oh! il n'est pas loin. Il habite pour cinq ans la
prison de la ville. Le drôle s'est laissé prendre à voler.
15 Du reste, ce n'est pas la première fois qu'on le met à
l'ombre. Son Altesse a déjà fait trois ans de maison
centrale quelque part...et, tenez! je crois même que
c'est à Tarascon.

—A Tarascon!...» s'écria Tartarin subitement illu-
20 miné... « C'est donc ça qu'il ne connaissait qu'un côté
de la ville...

—Hé! sans doute... Tarascon, vu de la maison centrale... Ah! mon pauvre monsieur Tartarin, il faut
joliment ouvrir l'œil dans ce pays, sans quoi on est ex-

15 *qu'on le met à l'ombre = qu'on le met en prison :* a slangy expression. — 16 *maison centrale :* the principal prison of a French
Department. — 24 *l'œil :* in English we use the plural form.

posé à des choses bien désagréables...et, si vous m'en croyez, vous retournerez bien vite à Tarascon.

—Retourner...c'est facile à dire... Et l'argent?...
Vous ne savez donc pas comme ils m'ont plumé, là-bas,
5 dans le désert?

—Qu'à cela ne tienne!» fit le capitaine en riant...
« Le *Zouave* part demain, et si vous voulez, je vous ra-
patrie...ça vous va-t-il, collègue?...

VIII

TARASCON! TARASCON!

Midi. Le *Zouave* chauffe, on va partir. Là-haut, sur
10 le balcon du café Valentin, MM. les officiers braquent
la longue-vue, et viennent, colonel en tête, par rang de
grade, regarder l'heureux petit bateau qui va en France.
C'est la grande distraction de l'état-major... En bas,
la rade étincelle. La culasse des vieux canons turcs en-
15 terrés le long du quai flambe au soleil. Les passagers
se pressent. Biskris et Mahonnais entassent les bagages
dans les barques.

Tartarin de Tarascon, lui, n'a pas de bagages. Le
voici qui descend de la rue de la Marine, par le petit
20 marché, plein de bananes et de pastèques, accompagné
de son ami Barbassou. Le malheureux Tarasconnais a
laissé sur la rive du Maure sa caisse d'armes et ses illu-
sions, et maintenant il s'apprête à voguer vers Tarascon,
les mains dans ses poches... A peine vient-il de sauter
25 dans la chaloupe du capitaine, qu'une bête essoufflée dé-
gringole du haut de la place, et se précipite vers lui, en

6 *Qu'à cela ne tienne* : see *tenir.* — 8 *ça vous va-t-il* : see *aller.* — 22
sur la rive du Maure = en Afrique.

galopant. C'est le chameau, le chameau fidèle, qui, depuis vingt-quatre heures, cherche son maître dans Alger.

Tartarin, en le voyant, change de couleur et feint de
ne pas le connaître; mais le chameau s'acharne. Il fré
5 tille au long du quai. Il appelle son ami, et le regarde
avec tendresse: « Emmène-moi,» semble dire son œil
triste, « emmène-moi dans la barque, loin, bien loin de
cette Arabie, de cet Orient ridicule, plein de soldats et
de diligences, où — dromadaire déclassé — je ne sais plus

10 que devenir. Tu es le dernier Turc, je suis le dernier
chameau... Ne nous quittons plus, ô mon Tartarin...

— Est-ce que ce chameau est à vous? » demande le
capitaine.

« Pas du tout ! » répond Tartarin, qui frémit à l'idée
15 d'entrer dans Tarascon avec cette escorte ridicule ; et,
reniant impudemment le compagnon de ses infortunes,
il repousse du pied le sol algérien, et donne à la barque
l'élan du départ... Le chameau flaire l'eau, allonge le
cou, fait craquer ses jointures et, s'élançant derrière la

barque à corps perdu, il nage vers le *Zouave,* son grand
col dressé sur l'eau.

Barque et chameau viennent ensemble se ranger aux
flancs du paquebot.

5 « A la fin, il me fait peine, ce dromadaire! » dit le
capitaine Barbassou tout ému, « j'ai envie de le prendre
à mon bord... En arrivant à Marseille, j'en ferai hommage au Jardin zoologique.»

On hissa sur le pont, avec des palans et des cordes, le
10 chameau, alourdi par l'eau de mer, et le *Zouave* se mit
en route.

Les deux jours que dura la traversée, Tartarin les
passa tout seul dans sa cabine, non pas que la mer fût
mauvaise, ni que la chechia eût trop à souffrir, mais le
15 chameau, dès que son maître apparaissait sur le pont,
avait autour de lui des empressements ridicules... Vous
n'avez jamais vu un chameau ennuyer quelqu'un comme
cela!...

D'heure en heure, par les hublots de la cabine où il
20 mettait le nez quelquefois, Tartarin vit le bleu du ciel
algérien pâlir; puis, enfin, un matin, dans une brume.
d'argent, il entendit avec bonheur chanter toutes les
cloches de Marseille. On était arrivé...le *Zouave* jeta
l'ancre.

25 Notre homme, qui n'avait pas de bagages, descendit
sans rien dire, traversa Marseille en hâte, craignant toujours d'être suivi par le chameau, et ne respira que lorsqu'il se vit installé dans un wagon de troisième classe,
filant bon train sur Tarascon... Sécurité trompeuse!
30 A peine à deux lieues de Marseille, voilà toutes les têtes
aux portières. On crie, on s'étonne. Tartarin, à son
tour, regarde, et...qu'aperçoit-il?... Le chameau, monsieur, l'inévitable chameau, qui détalait sur les rails, der-

29 *bon train = rapidement.*

rière le train, et lui tenant pied. Tartarin, consterné, se rencoigna, en fermant les yeux.

Après cette expédition désastreuse, il avait compté rentrer chez lui incognito. Mais la présence de ce qua-
5 drupède encombrant rendait la chose impossible. Quelle rentrée il allait faire, bon Dieu! Pas le sou, pas de lions, rien... Un chameau!...

« Tarascon!... Tarascon!...»

Il fallut descendre...

10 O stupeur! à peine la chechia du héros apparut-elle dans l'ouverture de la portière, un grand cri: « Vive Tartarin!» fit trembler les voûtes vitrées de la gare. —
« Vive Tartarin! vive le tueur de lions!» Et des fanfares, des chœurs d'orphéons éclatèrent... Tartarin se
15 sentit mourir; il croyait à une mystification. Mais non! tout Tarascon était là, chapeaux en l'air, et sympathique. Voilà le brave commandant Bravida, l'armurier Coste-calde, le président, le pharmacien, et tout le noble corps des chasseurs de casquettes qui se presse autour de son
20 chef, et le porte en triomphe tout le long des escaliers...

Singuliers effets du mirage! la peau du lion aveugle, envoyée à Bravida, était cause de tout ce bruit. Avec cette modeste fourrure, exposée au cercle, les Tarasconnais, et derrière eux tout le Midi, s'étaient monté la tête.
25 Le *Sémaphore* avait parlé. On avait inventé un drame. Ce n'était plus un lion que Tartarin avait tué, c'étaient dix lions, vingt lions! Aussi Tartarin, débarquant à Marseille, y était déjà illustre sans le savoir, et un télégramme enthousiaste l'avait devancé de deux heures dans
30 sa ville natale.

Mais ce qui mit le comble à la joie populaire, ce fut quand on vit un animal fantastique, couvert de pous-

---

1 *lui tenant pied :* see *pied.* — 24 *s'étaient monté la tête :* see *tête.* —
31 *mit le comble :* see *comble.*

sière et de sueur, apparaître derrière le héros, et descendre l'escalier de la gare.

Tartarin rassura ses compatriotes.

« C'est mon chameau,» dit-il.

5 Et déjà sous l'influence du soleil tarasconnais, ce beau
soleil, qui fait mentir ingénument, il ajouta, en caressant
la bosse du dromadaire:

« C'est une noble bête !... Elle m'a vu tuer tous mes
lions.»

10 Là-dessus, il prit familièrement le bras du commandant, rouge de bonheur ; et, suivi de son chameau, en-
touré des chasseurs de casquettes, acclamé par tout le
peuple, il se dirigea paisiblement vers la maison du
baobab, et, tout en marchant, il commença le récit de
15 ses grandes chasses :

« Figurez-vous, disait-il, qu'un certain soir, en plein
Sahara...»

VOCABULARY

A

à, to, at, within, in, with.

abandonner, to abandon, give up, give out.

abattre, to beat down, dishearten, kill.

aboiement, *m.*, barking.

abord, *m.*, approach.

abord (d'), at first, before all.

aborder, to accost, come to.

aborder (s'), to accost one another.

abreuvoir, *m.*, watering place.

abruti, -e, stupid, stupefied.

absinthe, *f.*, absinth.

absolument, absolutely.

acajou, *m.*, mahogany.

accéléré, -e, accelerated; pas —, quick step.

accent, *m.*, accent.

accident, *m.*, accident.

acclamer, to acclaim, cheer.

accolade, *f.*, embrace.

accompagner, to accompany.

accompagner (s'), to accompany one's self (with an instrument).

accouder (s'), to lean on one's elbows.

accourir, to rush forth.

accrocher, to collide (of carriages).

accrocher (s'), to cling, catch hold of.

accroupi, -e, squatting, cowering.

accroupir (s'), to squat down, sit.

accueillir, to receive.

acharner (s'), to be intent, bent, set upon, be implacable, in earnest.

acheter, to buy.

achever, to finish up, achieve.

acier, *m.*, steel.

acquérir, to acquire.

acquis, -e, *past part. of* acquérir.

action, *f.*, action.

adieu, farewell, good-by.

administration, *f.*, administration.

admiration, *f.*, admiration.

admis, -e, admitted.

adorable, adorable.

adoration *f.*, worship.

adorer, to adore.

adresse, *f.*, address.

adresser (s'), to be directed, addressed.

advenir, to happen; — de, to become of.

advint, *pret. of* advenir.

affable, affable.

affaire, *f.*, affair, thing, matter, business, case; —s, business; avoir — à, to have to deal, do with; **j'en fais mon —**, I make it my own business.

affirmation, *f.*, affirmation.

affliger, to afflict.

affolé, -e, scared.

affreu-x, -se, awful.

affronter, to face.

affubler (s'), to put on (of clothing).

affût, *m.*, watch, stalking, ambush place; **à l'—,** in wait.

africain, -e, African.

Afrique, *f.*, Africa; **en pleine —,** in the middle of Africa.

âge, *m.*, age.

agenouiller (s'), to kneel down.

agiter, to shake, agitate.

agrandir, to enlarge.

agréable, agreeable.

agrémenter, to ornament.

aguets, *m. pl.*, wait, watch; **aux —,** on the lookout.

ahuri, -e, astounded, bewildered.

aide, *f.*, help, rescue.

aïe! ouch! oh! oh dear!

aigle, *m.*, eagle.

aigreur, *f.*, sourness, acrimony, churlishness.

aigu, -ë, shrill.

aiguille, *f.*, needle; **fusil à —,** needle-gun.

ail, *m.*, garlic.

aile, *f.*, wing; **ne battait plus que d'une —,** was almost over.

aimer, to like, love; **j'aime mieux,** I would rather.

ainsi, so, thus.

air, *m.*, air, appearance; **en l'—,** up, high in the air; **avoir l'—,** to look like; **en plein —,** in the open air.

aise, *f.*, ease; **mal à l'—,** ill at ease; **à l'—,** easily.

ajouter, to add.

album, *m.*, album.

alerte, *f.*, alarm, warning.

algarade, *f.*, rating, quarrel.

algérien, -ne, Algerian.

aller, to go, be; **ce qui me va,** that which pleases me; **ça vous va-t-il?** does that suit you?

aller (s'en), to go, go away.

allonger, to stretch out, bring forward.

allonger(s'), to lie down, stretch, lengthen, be lengthened.

allons, well, all right.

allumer, to light.

allusion, *f.*, allusion.

alors, then.

alourdir, to make heavy, dull.

alsacien, -ne, Alsatian.

altesse, *f.*, highness.

amateur, *m.*, amateur, lover (of things).

âme, *f.*, soul, mind, heart; **pas une —,** nobody, not a soul.

amèrement, bitterly.

américain, -e, American.

ami, -e, friend.

amitié, *f.*, friendship.

amuser (s'), to amuse one's self.

an, *m.*, year.

anchois, *m.*, anchovy.

ancien, -ne, former, old.

ancre, *f.*, anchor; **jeter l'—,** to cast anchor.

âne, *m.*, donkey.

ange, *m.*, angel.

anglais, -e, English.

angoisse, *f.*, anxiety, anguish.

animal, *m.*, animal.

animer (s'), to become animated.

anis, *m.*, anise, aniseed; **à l'—,** flavored with aniseed.

annonce, *f.*, announcement.

anxieu-x, -se, anxious.

apaiser, to appease, alleviate, quench, pacify.

apercevoir, to perceive, see.

apercevoir (s'), to perceive, see, notice.

apparaître, to appear.

apparut, *pret. of* apparaître.

appel, *m.*, call.

appeler, to call; avait beau les —, vainly called them.

appeler (s'), to be called.

appétissant, -e, tempting, appetizing.

appétit, *m.*, desire, appetite, need.

applaudissement, *m.*, applause.

apporter, to bring.

apprendre, to learn.

apprêter (s'), to get ready.

apprivoiser, to tame.

approcher, to approach, come near.

approcher (s'), to go near, come near, approach.

appuyer, to lean, rest.

après, after, afterwards.

après-midi, *f.*, afternoon.

arabe, *m.*, Arabic language, Arabian.

Arabie, *f.*, Arabia.

araignée, *f.*, spider.

arbitre, *m.*, arbiter, arbitrator.

arbre, *m.*, tree.

arcade, *f.*, arcade.

ardent, -e, ardent, burning.

argent, *m.*, silver, money.

arme, *f.*, arm, weapon; — à feu, firearms; aux —s! to arms!

armée, *f.*, army.

armement, *m.*, armament.

armer, to arm, cock (of guns).

armer (s'), to arm one's self.

armurier, *m.*, gunsmith.

arnica, *m.*, arnica.

arracher, to snatch away, snatch, save.

arracher (s'), to break away.

arranger (s'), to be arranged, fixed.

arrêt, *m.*, stop.

arrêter, to stop.

arrêter (s'), to stop.

arrière, *m.*, stern (of boats); à l'—, at the stern; machine en —, backward; en —, backward.

arriver, to arrive, come.

arroser, to sprinkle.

arsenal, *m.*, arsenal.

artichaut, *m.*, artichoke.

as, *m.*, ace.

Asie, *f.*, Asia; Turquie d'—, Asiatic Turkey.

aspect, *m.*, aspect.

assaillir, to assail.

assassin, *m.*, murderer, assassin.

assaut, *m.*, assault; l'avait prise d'—, had taken it by storm.

asseoir, to seat.

asseoir (s'), to sit down.

assez, enough, pretty.

assiéger, to besiege.

assis, -e, seated.

assoupi, -e, drowsy.

assourdissant, -e, deafening.

assurance, *f.*, assurance.

assurer, to assure.

astreignit (s'), *pret. of* astreindre.

astreindre (s'), to compel one's [self.

Atlas (l'), the Atlas.

atroce, atrocious.

attacher, to fasten, tie, attach.

attaquer, to attack.

attardé, -e, belated.

atteindre, to catch, reach.

atteinte, *f.*, attack.

atteler, to be drawn (of carriages), harness.

attendre, to await, expect, wait; en attendant, meanwhile.

attendri, -e, moved.

attente, *f.*, waiting, expectation; salle d'—, waiting room.

attention, *f.*, attention.
attifer, to bedizen.
attirail, *m.*, luggage, paraphernalia.
attirer, to draw on, attract.
attitude, *f.*, attitude.
attrister, to sadden.
attrouper, to assemble, gather.
au, to the, at the, in the, on the.
aube, *f.*, dawn.
auberge, *f.*, inn.
aucun, -e, no, not any.
audace, *f.*, audacity, boldness.
au-dessous, below.
augmenter, to increase, augment.
aujourd'hui, to-day, at the present time.
auparavant, before. [ent time.
auprès, near.
aurais, *cond. of* avoir.
auréoler, to surround with a halo.
aussi, also, therefore; — ... que, as ... as.
aussitôt, at once, immediately.
autant, as much, as many; d'— que, so much more so.
autorité, *f.*, authority.
autour, around.
autre, other.
autrefois, formerly; d'—, of former times, of yore.
aux, to the, from the.
avaler, to swallow.
avance, *f.*, advance; d'—, in advance, beforehand; par —, in advance.
avancé, -e, advanced; me voilà bien —, that does me much good !
avancer, to bring forth, advance, progress, proceed.
avancer (s'), to come forward, go forward, advance.
avant, before; — de, before, in front of; machine en —, go ahead, forward.

avant, *m.*, stem, bow.
avantage, *m.*, advantage.
avec, with.
aventure, *f.*, adventure.
aventureu-x, -se, adventurous.
aventurier, *m.*, adventurer.
aveugle, blind.
aveugler, to blind.
avis, *m.*, advice, counsel; être d'—, to think, hold the opinion.
aviser, to consider (the situation), reflect on.
avoine, *f.*, oats.
avoir, to have; y —, there to be; qu'est-ce qu'il y a, what is the matter; qu'est-ce que vous avez? what is the matter with you? il en a, he caught it, I hit him.
avouer, to avow, confess, admit.
ayant, *pres. part. of* avoir.
azur, -e, azure.

B

babouche, *f.*, Turkish slipper.
bâche, *f.*, wagon awning, cloth.
bafouer, to scoff at.
bagage, *m.*, baggage.
bah! pshaw! nonsense! pooh!
baignoire, *f.*, pond, bath tub.
baîller, to yawn.
baïonnette, *f.*, bayonet; croiser la —, to charge bayonets.
baiser, to kiss.
baisser, to lower.
baisser (se), to stoop down.
bal, *m.*, ball; — masqué, masked ball.
balancer (se), to swing, rock (of boats).
balayures, *f. pl.*, sweepings.
balcon, *m.*, balcony.
balle, *f.*, bullet.

ballon, *m.*, balloon.
banane, *f.*, banana.
bananier, *m.*, banana tree.
bande, *f.*, band, flight (of birds), crowd; par —s, in a crowd.
bandit, *m.*, bandit, brigand.
banlieue, *f.*, suburbs.
banque, *f.*, bank; billet de —, banknote.
baobab, *m.*, baobab.
baraque, *f.*, tent (of circuses and shows), shanty, hovel.
barbare, *m.*, barbarian.
barbe, *f.*, beard.
barbouiller, to smear, daub.
bariolé, -e, motley.
barque, *f.*, boat.
barreau, *m.*, bar.
bas, down, low; là—, over there; tout —, in a low voice.
bas, *m.*, bottom, stocking; en —, down below.
bas, -se, low.
bassin *m.*, dry dock.
bastingage, *m.*, railing (of a ship).
bataille, *f.*, battle; champ de —, battlefield.
bateau, *m.*, boat; — à vapeur, steamboat.
bâtiment, *m.*, building.
bâton, *m.*, stick; à coups de —, with blows of his stick.
battement, *m.*, revolution (of engines).
battre, to beat, slam (of doors and windows).
battre (se), to fight.
beau, bel, -le, beautiful, fine, handsome; de plus belle, louder and louder; avoir —, to do something in vain.
beaucoup, much, many.
beaupré, *m.*, bowsprit.
bécasse, *f.*, woodcock.

bêler, to bleat.
belliqueusement, in a warlike manner.
bercer, to rock.
berge, *f.*, bank (of rivers).
besoin, *m.*, need.
bête, foolish, silly, stupid.
bête, *f.*, animal, beast.
betterave, *f.*, sugar beet, beet.
beurre, *m.*, butter.
bezigue, *m.*, a game of cards.
biceps, *m.*, biceps.
bien, very, very much, many, well; — que, although; si — que, so much so that; ou —, or else; eh —, well.
bien-être, *m.*, comfort.
bière, *f.*, bier.
billard, *m.*, billiards; queue de —, billiard cue.
billet, *m.*, note, ticket; — de banque, banknote.
bizarre, odd, queer.
bizarrement, strangely, oddly.
blafard, -e, wan, ghastly.
blague, *f.*, tobacco pouch.
blagueur, *m.*, humbug, storyteller.
blanc, *m.*, white.
blanc, -he, white.
blé, *m.*, wheat.
blême, wan, sallow.
bleu, -e, blue; gros—, dark blue.
blouse, *f.*, blouse.
boa, *m.*, boa.
bocal, *m.*, large glass jar, large bottle.
bœuf, *m.*, beef, ox.
boire, to drink.
bois, *m.*, wood; train de —, raft of logs.
boîte, *f.*, box; — à cirage, blacking box.
bon, -ne, good, kind; à quoi —, to what purpose.

bonasse, easy, simple, silly.

bondir, to bound, spring, leap.

bondissement, *m.,* leap, bound.

bonheur, *m.,* happiness, joy.

bonhomme, *m.,* fellow.

bonhomme, good-natured.

bonne, *f.,* servant girl.

bonnet, *m.,* cap.

bonsoir, *m.,* good evening.

bon-us, -a, -um, (*Latin*) good.

bord, *m.,* edge, border, bank; **à —,** on board; **à mon —,** on board my ship.

borne, *f.,* boundary, stone; **— kilométrique,** kilometer stone.

bosse, *f.,* hump.

botte, *f.,* boot.

bouche, *f.,* mouth.

boucher, *m.,* butcher.

boucherie, *f.,* butchery, butcher's shop.

boucler, to buckle up.

bouffant, -e, puffed, loose.

bouffée, *f.,* puff (of wind).

bouger, to stir, move.

bougie, *f.,* wax candle.

bougonnement, *m.,* grumbling, growling.

bouillir, to boil; **faire —,** to boil.

bouillon, *m.,* beef tea.

boulevard, *m.,* boulevard.

bourgeois, -e, citizen, burgher, plain, common, homely.

bourrasque, *f.,* squall.

bourrer, to cram, stuff up, fill.

bourrer (se), to fill one's self, cram one's self.

bourriquot, *m.,* donkey.

bousculade, *f.,* jostling.

bousculer (se), to jostle one another.

bout, *m.,* end, top, tip, muzzle, extremity; **venir à —,** to succeed.

boutique, *f.,* shop, store.

bouton, *m.,* button.

boutonner, to button up.

bracelet, *m.,* bracelet.

brancards, *m. pl.,* shaft (of carriages).

branche, *f.,* branch.

brandir, to brandish.

braquer, to direct, point.

bras, *m.,* arm; **au —,** on the arm.

brave, good, brave.

bravement, bravely.

bravo, *m.,* bravo.

bref, in short.

bréviaire, *m.,* breviary, prayer-book.

bric-à-brac, *m.,* old stores, bric-a-brac.

brick, *m.,* brig.

brin, *m.,* bit.

brise, *f.,* breeze.

briser, to break.

broder, to embroider.

brosser, to brush.

brouette, *f.,* wheelbarrow.

brouillard, *m.,* fog.

brouiller, to mix up, confuse.

brouiller (se), to be mixed up, confused.

broussailles, *f. pl.,* brushwood.

bruit, *m.,* noise, rumor, report (of firearms).

brûler, to burn.

brume, *f.,* mist.

brusquement, suddenly, abruptly.

brutalité, *f.,* brutality.

bruyamment, noisily.

bureau, *m.,* office, bureau.

burnous, *m.,* Arabian cloak.

but, *pret. of* **boire; on — sec,** they drank hard.

butte, *f.,* knoll; **— Montmartre,** Montmartre hill (in Paris).

buvant, *pres. part. of* **boire.**

C

ça = cela..

ça, now; ah —, well now; — et là, here and there.

cabane, f., cabin.

cabaret, m., tavern, public house.

cabaretier, m., tavern keeper.

cabine, f., stateroom, cabin.

cabinet, m., study, office, cabinet.

cabotin, -e, actor, actress.

cachette, f., hiding place.

café, m., coffee, café.

cage, f., cage.

cahot, m., jerk, jolt.

caille, f., quail.

caillou, m., pebble, stone.

caisse, f., box.

caisson, m., box (of vehicles).

caler, to wedge in, wedge up.

câlin, -e, cajoling, wheedling.

calme, calm, quiet.

calmer, to quiet down, calm.

camarade, f., m., comrade.

campagne, f., country; en pleine —, in the open country.

camphre, m., camphor.

camphré, -e, camphorated; eau-de-vie —, camphorated alcohol.

canaille, f., rabble.

canard, m., duck.

candide, candid.

canne, f., cane, walking stick; — à épée, sword stick; — à sucre, sugar cane.

canon, m., barrel (of a gun), cannon.

cantonnier, m., road laborer.

cap, m., cape; de pied en —, from top to toe.

capable, able, capable.

capitaine, m., captain; — d'habillement, quartermaster (in charge of uniforms).

capitonner, to upholster, quilt.

caprice, m., whim, fancy; au —, at the fancy.

car, for, because.

carabine, f., carbine.

caracoler, to caracole.

caractère, m., character, expression, personality.

caraïbe, from the Windward Islands.

caravane, f., caravan.

caravansérail, m., caravansary.

carcasse, f., body, carcass.

carénage, m., careening.

caresser, to caress.

cargaison, f., cargo.

carnassière, f., game bag.

carnet, m., note book, memorandum book.

carnier, m., game bag, shooting bag.

caroube, f., carob.

caroubier, m., carob tree, locust tree.

carré, m., square, bed (of gardens).

carrément, squarely.

carrure, f., breadth of the shoulders.

carte, f., card; jouer aux —s, to play cards.

carton, m., pasteboard box.

cartouchière, f., cartridge box.

caserne, f., barrack.

casque, m., helmet; — à mèche, nightcap.

casquette, f., cap; — de chasse, hunting cap.

casser, to break.

casserole, f., saucepan.

casse-tête, m., club, tomahawk.

castagnette, f., castanet.

catastrophe, f., catastrophe.

cause, f., cause; à — de, because of.

causer, to talk.
cave, f., cellar.
ce, that.
ce, cet, -te, ces, this, that, these, those.
ceci, this.
cèdre, m., cedar.
ceinture, f., belt.
cela, that.
célèbre, celebrated.
celui, celle, ceux, celles, this, that, these, those; —-là, that, that one.
cent, hundred.
centaine, f., hundred; par —s, by the hundred.
centième, hundredth.
central, -e, central.
cependant, however, nevertheless, meanwhile.
cercle, m., club.
certain, -e, certain.
certes, certainly.
certitude, f., certainty.
cervelle, f., brain, mind.
cesser, to cease, stop.
chacal, m., jackal.
chacun, -e, each, each one.
chair, f., flesh; donner la — de poule, to make one's flesh creep.
chaise, f., chair; — de poste, post-chaise.
chaleur, f., warmth, heat.
chaloupe, f., ship's boat, launch.
chamailler (se), to squabble, wrangle.
chambre, f., room, chamber.
chameau, m., camel; à —, on camel-back.
champ, m., field.
champagne, m., Champagne wine.
champêtre, rustic; garde —, village policeman.
chance, f., luck, good luck.

changer, to change; — de couleur, to turn pale.
chanson, f., song.
chant, m., song, singing.
chanter, to sing, prattle (of water); qu'est-ce qu'ils me chantent, what are they talking about. [ing about.
chapeau, m., hat.
chapelier, m., hatter.
chaque, each, every.
charabia, m., jargon, patois.
charger, to load.
charmant, -e, charming.
charme, m., charm.
charpentier, m., carpenter.
charrette, f., cart.
charrier, to carry, cart.
charrue, f., plow.
chasse, f., hunt, hunting; cor de —, hunting horn; à la —, en —, hunting; casquette de —, hunting cap; couteau de —, hunting knife.
chasser, to hunt, chase; on a beau —, one may hunt.
chasseur, m., hunter, chasseur (light cavalryman).
chat, m., cat.
château, m., castle.
chaud, m., heat, warmth; se mettre au —, to warm one's self, get warm.
chaud, -e, warm, hot.
chauffer, to have the steam up.
chaussée, f., street, paved middle part (of a road or street).
chauve, bald.
chechia, f., cap.
chef, m., chief, leader; — de gare, station master.
chemin, m., road, way; le grand —, the high way; — de fer, railroad.
chemise, f., shirt; en bras de —, in his shirt sleeves.

chêne, *m.*, oak.
ch-er, -ère, dear.
chercher, to seek, try, endeavor, look for; aller —, to go for; venir —, to come for; envoyer —, to send for.
chéti-f, -ve, wretched, frail.
cheval, *m.*, horse.
chevaleresque, chivalrous.
chevalier, *m.*, knight.
cheveu, *m.*, hair.
cheville, *f.*, ankle.
chèvre, *f.*, goat.
chevreau, *m.*, kid.
chevrotant, -e, tremulous.
chez, at the house of; de — les Bézuquet, from the Bézuquet's.
chien, *m.*, dog.
chinois, -e, Chinese.
chocolat, *m.*, chocolate.
chômer, to stand still, be idle.
chose, *f.*, thing; ce fut bien autre —, it was quite another thing; quelque —, something; autre —, something else.
chou-fleur, *m.*, cauliflower.
chrétien, -ne, Christian.
ciel, *m.*, sky, heaven.
cigare, *m.*, cigar.
cigarette, *f.*, cigarette.
ciguë, *f.*, hemlock.
cimetière, *m.*, cemetery.
cinq, five.
cinquante, fifty.
cinquième, fifth.
cirage, *m.*, blacking (for shoes); boîte à —, blacking box.
circonstance, *f.*, circumstance.
citer, to quote.
civil, -e, civil.
clair, *m.*, light; au — de lune, in the moonlight.
clair, -e, clear, evident.
clairon, *m.*, bugle.
clameur, *f.*, clamor.

claquer, to chatter (of teeth).
classe, *f.*, class.
cligner, to wink (the eyes).
clignotant, -e, blinking, winking.
clignoter, to twinkle, wink.
climat, *m.*, climate.
clin, *m.*, wink; en un — d'œil, in the twinkling of an eye.
cloche, *f.*, bell.
clocher, *m.*, steeple.
clos, -e, shut, closed.
clouer, to nail.
cocotier, *m.*, cocoa tree.
code, *m.*, code.
cœur, *m.*, heart, soul; de si bon —, so heartily.
coffre, *m.*, coffer, chest.
cohue, *f.*, throng, crowd.
coiffer, to cover one's head.
coiffure, *f.*, headdress.
coin, *m.*, corner.
coïncidence, *f.*, coincidence.
col, *m.*, neck.
colère, *f.*, anger.
colis, *m.*, article of baggage, package.
collant, -e, tight (of clothing).
collégien, *m.*, schoolboy.
collègue, *m.*, colleague, comrade.
coller, to put on, paste on.
collet, *m.*, collar (of coats).
colline, *f.*, hill.
collinette, *f.*, little hill, hillock.
colon, *m.*, colonist.
colonel, *m.*, colonel.
colza, *m.*, colza.
combat, *m.*, fight, combat.
combattre, to combat, fight.
comble, *m.*, height; ce qui mit le — à, that which brought to a climax.
comiquement, comically.
commandant, *m.*, commandant, commander.
commander, to order, command.

comme, as, like, how; tout —, all the same.

commémorati-f, -ve, commemorative.

commencer, to begin, commence.

comment, how.

commerçant, *m.*, tradesman, merchant.

commerce, *m.*, trade, commerce, business; le haut —, the higher branches of trade.

commis, *m.*, clerk.

commissionnaire, *m.*, errand boy.

commode, comfortable, convenient, easy, commodious.

commode, *f.*, bureau.

commun, -e, common.

commune, *f.*, community, village.

compagnie, *f.*, company, society.

compagnon, *m.*, companion.

comparaison, *f.*, comparison.

compartiment, *m.*, compartment.

compassé, -e, stiff, formal.

compatriote, *m.*, *f.*, compatriot.

compl-et, -ète, filled up (of omnibuses), complete.

complexion, *f.*, disposition, temperament.

composer, to compose, make up.

comprendre, to understand.

comprit, *pret. of* comprendre.

comptable, *m.*, accountant, financier.

compte, *m.*, account; en fin de —, after all, in the end.

compter, to count, consider, expect; sans —, besides, moreover.

comptoir, *m.*, branch (of business), counter.

concerter (se), to put their heads together.

conciliabule, *m.*, discussion.

concitoyen, -ne, fellow-townsman.

conclusion, *f.*, conclusion; en matière de —, as a conclusion.

conducteur, *m.*, driver.

conduire, to lead, conduct.

confection, *f.*, ready-made clothing.

confectionner, to make up, prepare.

confier, to intrust, confide.

confondre, to blend, confound.

confortable, comfortable.

confortablement, comfortably.

confus, -e, confused, abashed, indistinct.

connaissance, *f.*, acquaintance; renouer —, to become acquainted again.

connaître, to know, be acquainted with.

connu, -e, known.

conseil, *m.*, advice, counsel, council; tenir —, to put their heads together, hold a council.

consentir, to consent.

conserves, *f. pl.*, preserves; — alimentaires, canned goods.

considérable, important, considerable.

consister, to consist.

consomption, *f.*, consumption.

constellé, -e, constellated.

consterné, -e, dismayed.

consulaire, consular.

contact, *m.*, contact.   [at.

contempler, to gaze upon, look

content, -e, satisfied, contented.

contenter (se), to be satisfied, satisfy one's self.

continuer, to continue, go on.

contraire, *m.*, contrary; au —, on the contrary.   .

contre, against.

contredanse, *f.*, dance.

convenance, *f.*, suitableness; à sa —, suitable.

conviction, *f.*, conviction.
convulsi-f, -ve, convulsive.
convulsion, *f.*, convulsion.
convulsionner, to convulse.
coque, *f.*, hull.
coquillage, *m.*, shellfish, shell.
cor, *m.*, horn; — de chasse, hunting horn.
cordage, *m.*, cordage.
corde, *f.*, rope, cordage.
corps, *m.*, body, corps (military), stoutness; à — perdu, headlong.
corpulence, *f.*, stoutness, corpulence.
corriger, to correct. [lence.
corse, Corsican.
costume, *m.*, costume.
côte, *f.*, coast, hill, rib, side.
côté, *m.*, side; d'un —, on one side; à —, next; à ses —s, by his side; de tous —s, on all sides; du — de, in the direction of.
cotonnier, *m.*, cotton tree.
cou, *m.*, neck.
coucher, to sleep, put to bed, lay down, lie down.
coucher (se), to lie down, go to bed, retire.
couchette, *f.*, berth.
coude, *m.*, elbow.
couleur, *f.*, color; changer de —, to blush.
couleuvrine, *f.*, culverin.
coup, *m.*, blow, shot; — d'œil, glance; — de tonnerre, clap of thunder; tout à —, suddenly; — de feu, report of a firearm; — d'épée, sword thrust; — d'épingle, pin prick; à —s de bâton, with blows of his stick; — de pied, kick; pour le —, this time.
coup-de-poing, *m.*, knuckles, knuckle-duster.

coupe-gorge, *m.*, cut-throat place.
couple, *m.*, couple, pair.
coupole, *f.*, cupola.
cour, *f.*, yard, courtyard.
courage, *m.*, courage.
couramment, fluently.
courant, -e, current, ordinary.
courir, to run, travel over.
cours, *m.*, public square.
course, *f.*, run, journey, tour, excursion, course.
court, -e, short.
couteau, *m.*, knife; — de chasse, hunting knife.
coutelas, *m.*, cutlass.
couvent, *m.*, convent.
couvercle, *m.*, cover, lid, top.
couvert, -e, *past part.* of couvrir.
couverture, *f.*, blanket.
couvrir, to cover.
couvrir (se), to cover one's self.
craignait, *imperf.* of craindre.
craindre, to fear.
crampe, *f.*, cramp.
cramponner (se), to cling.
crâne, *m.*, skull.
craquer, to crack, creak.
cravache, *f.*, riding whip.
cravate, *f.*, necktie, cravat.
crépu, -e, woolly (of hair), curly.
crépuscule, *m.*, twilight; gaze du —, twilight haze.
cri, *m.*, cry, outcry, exclamation.
cribler, to riddle, pepper, swarm.
crier, to cry out, exclaim, squeak.
crinière, *f.*, mane.
crochet, *m.*, detour, turn.
crocodile, *m.*, crocodile.
croire, to believe, think.
croire (se), to believe one's self.
croiser, to cross; — la baïonnette, to charge bayonets.
croiser (se), to cross one another.
croix, *f.*, cross.

croquer, to craunch, crush with the teeth, eat up.

crosse, *f.*, butt (of guns).

croûte, *f.*, crust; rompre une —, to eat a little.

croyait, *imperf. of* croire.

cru, *past part. of* croire.

cru, -e, raw.

cruel, -le, cruel.

crut, *pret. of* croire.

cuir, *m.*, leather; poche de —, leather case.

cuirasse, *f.*, cuirass.

cuire, to burn, roast.

cuisine, *f.*, cooking, galley (of a ship) kitchen; faire la —, to cook.

cuivre, *m.*, copper.

culasse, *f.*, breech (of guns).

cultiver, to cultivate.

curé, *m.*, parish priest, curate.

curiosité, *f.*, curiosity.

cynégétique, relating to hunting.

D

dague, *f.*, dagger.

dame, *f.*, lady, wife.

dandiner (se), to waddle.

danger, *m.*, danger.

dans, in, within.

danser, to dance, rock (of boats), shake, jump, prance.

date, *f.*, date.

davantage, more; pas —, any more, no more.

de, of, from, about, with, to.

débarquant, -e, landing person, newly landed person.

débarquement, *m.*, landing.

débarquer, to land.

débarrasser, to rid.

débarrasser (se), to get rid.

déboucher, to come out, debouch.

déboucler, to unbuckle.

debout, standing.

débris, *m. pl.*, remains.

début, *m.*, start, beginning.

décembre, *m.*, December.

décharger, to unload.

déchiqueter, to cut to pieces.

déchirant, -e, harrowing, shrill (of whistles).

déchirement, *m.*, anguish, tear.

déchirer, to tear.

décidément, decidedly.

décider, to decide.

décider (se), to decide, make up one's mind.

déclaration, *f.*, declaration.

déclarer, to declare.

déclassé, -e, out of place.

décolérer, to cease being angry.

déconcerter (se), to be disconcerted.

découdre, to rip; en —, to fight it out, contend, to have a brush with.

décourager, to discourage.

décourager (se), to become discouraged.

découvrir, to discover.

découvrir (se), to remove one's hat.

décrocher, to take down, unhook.

décrotteur, *m.*, shoe-black.

dédaigneusement, disdainfully.

dédaigneu-x, -se, disdainful.

dedans, inside.

déesse, *f.*, goddess.

défaire (se), to get rid.

défection, *f.*, defection, disloyalty.

défendre (se), to defend one's self.

défi, *m.*, defiance, challenge.

défier, to dare, challenge, defy.

défiler, to pass by, file off, defile.

défroque, *f.*, old clothes.

défubler (se), to strip one's self.

défunt, -e, deceased.

dégaîner, to draw, unsheath (of swords and knives).

dégarni, -e, empty.

dégringoler, to tumble down, flow down.

dehors, *m.,* outside, out; **de —,** from the outside.

déjà, already.

déjeuner, to breakfast.

déjeuner, *m.,* breakfast.

délayer, to dilute, dissolve.

délecter (se), to have delight, be delighted.

délicat, -e, delicate.

délicieu-x, -se, delightful.

délinquant, -e, offender.

demain, to-morrow.

demander, to ask, beg.

demander (se), to ask one's self, wonder.

démarche, *f.,* bearing, gait.

démarrer, to unmoor, cast off.

démener (se), to throw one's self about, struggle.

demeure, *f.,* house, abode.

demi, -e, half.

demi-douzaine, *f.,* half a dozen.

demi-heure, *f.,* half hour.

démonter (se), to be taken down.

démontrer, to demonstrate, explain.

dent, *f.,* tooth; **les —s serrées,** with teeth set, clinched; **les —s lui claquaient,** his teeth chattered.

départ, *m.,* departure, leaving.

dépecer, to cut up.

dépit, *m.,* spite; **en — de,** in spite of.

déplaire, to displease; **n'en déplaise à,** with all due deference to.

déployer, to spread out, unfold.

déporter, to transport (to a place of exile).

déposer, to deposit, place.

dépouille, *f.,* spoils (of animals).

depuis, since, from, for.

dérision, *f.,* derision; **par —,** out of derision.

derni-er, -ère, last.

derrière, behind, back, in rear, **des,** of the, some.   [after.

dès, as soon as; **— que,** as soon as.

désarmer, to disarm, unarm.

désastreu-x, -se, disastrous.

descendre, to descend, come down, go down, stop (of hotels), alight (of vehicles).

descente, *f.,* descent, coming down, irruption.

désert, *m.,* desert; **en plein —,** in the middle of the desert.

désert, -e, deserted.

désespéré, -e, desperate, hopeless.

déshabiller, to undress.

déshonorant, -e, disgraceful, dishonorable.

désigner, to designate, call.

désillusion, *f.,* disappointment.

désirer, to wish, desire.

désolé, -e, desolate.

desséché, -e, dried up.

desserrer, to loosen.

dessous, under, underneath, below; **au— de,** below.

dessus, above, over, on, upon; **là—,** thereupon; **par—,** over, above; **au—,** over, above.

destin, *m.,* fate, destiny.

destinée, *f.,* career, life, destiny.

détacher (se), to be loosened, come forth, come off.

détail, *m.,* detail, particular; **au —,** at retail, little by little.

détailler, to detail (relate in detail).

détaler, to go off, be off, run.
dételer, to unharness.
détour, *m.*, turning; au —, around the corner, on turning; fait un —, takes a roundabout way.
détourné, -e, out of the way, unfrequented.
deuil, *m.*, mourning; en ont fait leur —, have given it up.
deux, two.
deuxième, second.
devancer, to precede.
devant, *m.*, front, front part.
devant, before, in front of, fore.
devanture, *f.*, show window.
devenir, to become.
deviner, to guess, divine.
devint, *pret. of* devenir.
devoir, must, ought, to owe, be to.
devoir, *m.*, duty; de son —, to be his duty.
dévorer, to eat up, devour.
dévotion, *f.*, devotion; faire ses —s, to pray.
dévouement, *m.*, devotion.
diable, *m.*, devil, fellow.
diabolique, diabolical.
dialogue, *m.*, dialogue.
diane, *f.*, reveille.
diantre, the deuce.
Dieu, *m.*, God; mon —! juste —! bon —! good heavens!
différence, *f.*, difference.
différent, -e, different, diverse.
difficile, difficult, hard.
digérer, to digest.
digne, worthy.
diligence, *f.*, stage-coach.
dimanche, *m.*, Sunday; tous les —s, every Sunday.
dindon, *m.*, turkey.
dîner, *m.*, dinner.
dire, to say, tell; c'est à —, that is to say; entendre —, to hear;

rien à faire —, you have no message to send.
dire (se), to say to one another, say to one's self.
direction, *f.*, management, direction.
direz, *fut. of* dire.
diriger, to direct.
diriger (se), to direct one's self, go.
discr-et, -ète, discreet.
discrètement, discreetly.
discrétion, *f.*, discretion.
discussion, *f.*, discussion, dispute.
disperser, to scatter.
disposer (se), to get ready, prepare one's self.
disputer (se), to strive for, contend for.
distinct, -e, distinct, plain, clear.
distraction, *f.*, diversion, distraction.
distribution, *f.*, distribution.
dix, ten.
docteur, *m.*, doctor.
doigt, *m.*, finger; sur le bout du —, at his finger's end.
doivent, *pres. of* devoir.
domestique, homely, domestic.
dompteur, *m.*, subduer, tamer.
don, *m.*, gift.
donc, now, then, therefore.
donner, to give.
don Quichotte, *m.*, Don Quixote.
dont, of which, whose.
doré, -e, gilt, gilded.
dormir, to sleep.
dorure, *f.*, gilding.
dos, *m.*, back; lui tomber sur le —, to attack him.
douanier, *m.*, customhouse officer.
doublage, *m.*, sheathing, lining.
double, double.
doubler, to double, line, sheathe.

doucement, softly, low, gently.

douillet, -te, delicate, tender, effeminate.

douleur, f., sorrow.

douro, m., a Spanish coin worth about a dollar.

doute, m., doubt; sans —, without doubt.

douter, to doubt; à n'en pas —, without doubt.

dou-x, -ce, soft, sweet, gentle.

douze, twelve.

drame, m., drama.

drap, m., cloth.

drapeau, m., flag.

dresser, to raise; — procès-verbal, to write down an official report.

dresser (se), to arise, rise.

droit, straight, directly.

droit, -e, right.

droite, f., right; à —, de —, to the right.

drôle, m., rascal.

dromadaire, m., dromedary.

du, of the, from the, some, with the.

duo, m., duet.

dur, -e, hard, rough (of the sea).

durer, to last.

dus, pret. of devoir.

E

eau, f., water; à grande —, with plenty of water.

eau-de-vie, f., brandy; — camphrée, camphorated alcohol.

ébaucher, to begin, sketch.

ébène, f., ebony; à peau d'—, with a black skin.

éblouir, to dazzle.

ébranler, to shake.

ébranler (s'), to start.

écarter, to open (of claws), push aside.

écarter (s'), to open.

échanger, to exchange.

échapper, to escape; l'— belle, to have a narrow escape.

échelonner (s'), to be arranged according to gradation.

écho, m., echo.

éclair, m., flash.

éclaircie, f., vista.

éclat, m., glory, brightness, fragment, piece.

éclater, to explode; — de rire, to burst out laughing.

écœurant, -e, sickening.

écornifler, to tear.

écouter, to listen.

écrier (s'), to exclaim, cry out.

écrire, to write.

écriteau, m., sign.

effaré, -e, scared, bewildered.

effet, m., effect; en —, in reality, in fact, indeed.

effroi, m., fright.

effroyable, frightful.

égal, -e, equal; c'est —, just the same, nevertheless.

égarer (s'), to wander, stray.

église, f., church.

eh, ah! well!

élan, m., outburst, transport, start.

élancer (s'), to dash, shoot forth, bound, rush.

éléphant, m., elephant.

élevé, -e, raised; très bien —, very well bred.

élever, to raise.

élever (s'), to arise.

éloigner (s'), to go away.

éloquence, f., eloquence.

émanation, f., emanation, odor.

emballer, to pack, pack up.

embarcadère, *m.*, railroad station, terminus, wharf.

embarquer, to embark; embarque! all aboard!

embarquer (s'), to embark, engage.

embarrasser, to embarrass.

emboîter, to fit in; — le pas, to lock up, walk close to.

embrasé, -e, bright.

embrasser, to kiss.

embusquer, to ambush.

embusquer (s'), to ambush.

émigrant, -e, emigrant.

emmener, to take away, lead away.

émotion, *f.*, emotion.

empêcher, to prevent, keep from.

empêcher (s'), to keep from; il ne pouvait —, he could not help.

empester, to taint. [help.

empiler, to pile up.

emplette, *f.*, purchase.

empoisonné, -e, poisoned, malarious.

empoisonner, to poison.

emporter, to carry away, take away.

empressement, *m.*, attention.

emprunter, to borrow.

ému, -e, moved.

en, of it, of them, of him, of her, from there.

en, in, about, into.

encadrement, *m.*, frame, framing.

enchevêtrement, *m.*, entanglement, confusion.

encolure, *f.*, neck and shoulders.

encombrant, -e, encumbering, cumbersome.

encombrement, *m.*, crowding, piling up.

encombrer, to crowd.

encore, still, again, yet, also, moreover.

endormi, -e, asleep.

endroit, *m.*, place, spot.

énergie, *f.*, energy.

énergique, energetic.

enfant, *m., f.*, child; d'—, childish.

enfiler, to go through.

enfin, finally, at last, in short, after all.

enfoncer (s'), to bury one's self, dive, pull down, sink, go.

enfuir (s'), to run away.

enfumé, -e, smoky.

engager, to advise, engage.

engin, *m.*, machine; — de guerre, weapon.

engloutir, to engulf, swallow up.

engouement, *m.*, infatuation.

enjambée, *f.*, stride; à grandes —s, taking long strides.

enlever, to carry off; l'enlève de terre, makes him jump up.

ennemi, -e, enemy.

ennuyer, to bother, annoy.

ennuyer (s'), to be wearied, have a tedious time of it, become wearied.

énorme, enormous.

enragé, -e, mad, eager person.

enregistrement, *m.*, registration; receveur de l'—, recorder.

enrhumer (s'), to catch cold.

enroué, -e, hoarse.

enseigne, *f.*, sign.

ensemble, together.

entasser, to pile up.

entendre, to hear, understand.

entendre (s'), to understand each other.

entendu (bien), of course.

enterrer, to bury.

entêter (s'), to become stubborn, be obstinate.

enthousiasme, *m.*, enthusiasm.

enthousiaste, enthusiastic.

enti-er, -ère, whole, entire; tout
—, entirely given up.

entourer, to surround.

entourer (s'), to surround one's
self, be surrounded.

entrailles, f. pl., bowels.

entraînement, m., training.

entraîner, to carry away, lead
away.

entraîner(s'), to train, be trained.

entre, between, among.

entrée, entrance, limit, boundary,
appearance.

entrepont, m., steerage, between-
decks.

entreprendre, to undertake.

entrer, to enter, come in, go in.

entretenir, to keep up, maintain.

entretenu, -e, past part. of entretenir.

entretien, m., maintenance, keeping up.

entrevit, pret. of entrevoir.

entrevoir, to catch a glimpse of.

entrevue, f., meeting.

envahir, to invade.

envelopper, to wrap.

envie, f., desire, envy; j'ai —, I
feel like.

environs, m. pl., vicinity, environs.

envoyer, to send; — chercher, to
send for.

éparpiller, to scatter about.

épaule, f., shoulder; lever les —s,
to shrug one's shoulders.

épée, f., sword; canne à —, sword
stick; coup d'—, sword thrust.

épice, f., spice.

épicier, m., grocer.

épigramme, f., epigram.

épingle, f., pin; coup d'—, pin
prick.

épisode, m., episode.

éponger (s'), to sponge, wipe.

époque, f., time, epoch.

épouse, f., wife.

épouvantable, frightful.

épouvanter, to frighten.

éprouver, to feel.

équarrisseur, m., butcher and
meat dresser.

équipe, f., set; homme d'—, railroad workman.

équiper (s'), to equip one's self,
fit one's self.

errer, to wander, stroll.

escadron, m., squadron.

escalier, m., stairway.

escorte, f., escort.

escrimer (s'), to apply one's self,
endeavor, try.

espacer, to leave a space between,
space.

Espagnol, -e, Spaniard.

espèce, f., species, kind.

espérance, f., hope.

espérer, to hope.

esplanade, f., esplanade.

esquiver (s'), to slip away.

essayer, to try.

essieu, m., axle.

essor, m., start.

essoufflé, -e, panting, breathless.

estime, f., esteem, regard.

estomac, m., stomach.

et, and.

établir, to establish, settle.

étage, m., floor, story.

étaler, to stretch out, spread out.

étaler (s'), to be displayed.

étancher, to stanch (of blood).

étape, f., day of march, halting-
place; petite —, short march.

état, m., state, condition; mettre
en — de siège, to proclaim the
martial law.

état-major, m., military staff.

été, m., summer.

éteindre, to extinguish.

éternel, -le, eternal, everlasting.

étinceler, to glitter, sparkle.
étincelle, *f.*, spark; arracher des —s, to strike fire.
étiqueter, to label.
étirer, to stretch.
étirer (s'), to spread out.
étoile, *f.*, star; à la belle —, in the open air.
étonner, to astonish.
étonner (s'), to be astonished, wonder.
étouffer, to smother, stifle, suppress.
étourdir, to bewilder, amaze.
étrange, strange.
étrang-er, -ère, foreign.
étrangler, to choke, stifle.
être, to be; ce qu'il en est, how the situation, matter is.
étrier, *m.*, stirrup.
étroit, -e, narrow.
eu, *past part. of* avoir.
Europe, *f.*, Europe.
européen, -ne, European.
eux, them, they.
eux-mêmes, themselves.
évasi-f, -ve, evasive.
éveil, *m.*, warning, hint; donner l'—, to give a hint.
éveiller, to awaken.
éveiller (s'), to awake.
événement, *m.*, event.
évêque, *m.*, bishop.
éviter, to avoid.
exagérer, to exaggerate, magnify. [nify.
exalté, -e, excited.
.exalter (s'), to become excited.
excellence, *f.*, excellence.
excellent, -e, excellent.
excepté, except.
excessivement, exceedingly, excessively.
excitation, *f.*, excitement.
exclamation, *f.*, ejaculation, exclamation.

excursion, *f.*, excursion, trip.
exemple, *m.*, example; par —, for example, indeed, but.
exercer (s'), to exercise.
exercice, *m.*, exercise; faire l'—, to drill.
exigence, *f.*, demand, exigency.
exiler, to exile.
existence, *f.*, existence.
exotique, exotic.
expédition, *f.*, expedition.
expirer, to expire, die.
explication, *f.*, explanation.
expliquer, to explain.
explosible, explosive.
exposer, to expose.
express, *m.*, express train.
expression, *f.*, expression.
exterminer, to exterminate, destroy.
extraordinaire, extraordinary.
ex-voto, *m.*, votive offering.

F

fabuleu-x, -se, fabulous.
face, *f.*, face; en —, facing, opposite; bien en —, straight in the face.
fâché, -e, sorry.
fâcher, to make angry.
fâcher (se), to get angry.
facile, easy.
facilement, easily.
façon, *f.*, fashion, manner, way; de — à, so that.
fade, nauseating (of odors).
faillir, to come near.
faim, *f.*, hunger.
faire, to do, make, give, take, serve.
faire (se), to be done, made, make one's self, take place, get accustomed, become.

faisait, *imperf. of* faire.
fait, *m.*, fact; en — de, as to;
tout à —, quite, entirely; au
—, in fact, in reality.
falloir, to be necessary, must,
want, require.
fallut, *pret. of* falloir.
fallot, -te, funny, laughable.
fameu-x, -se, famous.
familial -e, family.
familiarisé, -e, familiarized.
familièrement, familiarly.
famille, *f.*, family.
fanatique, fanatic, fanatical.
fané, -e, faded, withered.
fanfare, *f.*, flourish, flourish of
trumpets.
fantastique, fantastic.
farceu-r -se, droll, funny.
farouche, fierce.
fatigue, *f.*, fatigue, hardship.
faubourg, *m.*, faubourg, suburb.
faucon, *m.*, falcon.
faudrait, *cond. of* falloir.
faut, *pres. of* falloir.
faute, *f.*, fault; par leur —,
through their fault.
fauteuil, *m.*, armchair.
fauve, tawny color, reddish.
fauve, *m.*, wild animal.
fau-x, -se, false.
faveur, *f.*, favor.
fée, *f.*, fairy.
féerique, fairy.
feignait, *imperf. of* feindre.
feindre, to feign, pretend.
fêler, to crack.
félicitation, *f.*, congratulation,
felicitation.
félins, *m. pl.*, felines.
femme, *f.*, woman, wife.
fendre, to split, get through.
fendre (se), to lunge.
fenêtre, *f.*, window; —s éteintes,
dark windows.

fer, *m.*, iron; gris de —, iron
gray; chemin de —, railroad.
ferme, firm, solid.
ferme, *f.*, farmhouse.
fermer, to close, shut.
fermoir, *m.*, clasp.
féroce, fierce, ferocious.
férocité, *f.*, ferocity, fierceness.
ferraille, *f.*, old iron.
ferré, -e, versed, conversant,
with an iron tip.
fête, *f.*, reception, fête, feast.
feu, *m.*, fire; arme à —, firearm; coup de —, report of a
firearm; —! fire!
feuille, *f.*, leaf, sheet; — de
route, route, itinerary.
fi! fie! — donc! fie! for shame!
fiacre, *m.*, hack.
ficelle, *f.*, string.
fidèle, faithful, true.
fidélité, *f.*, fidelity, faithfulness.
fi-er, -ère, proud.
fièrement, proudly.
fierté, *f.*, pride.
fièvre, *f.*, fever.
fiévreusement, feverishly.
fiévreu-x, -se, feverish.
figuier, *f.*, fig tree.
figure, *f.*, face.
figurer (se), to fancy, imagine.
fil, *m.*, thread.
filer, to make off, slip away, go,
shoot, spin.
filet, *m.*, net.
fille, *f.*, girl.
fils, *m.*, son.
fin, *f.*, end; à la —, now, finally;
en — de compte, in the end,
after all.
fin, -e, fine.
finir, to end, finish.
fixer, to fix.
flacon, *m.*, flagon, small bottle.
flairer, to scent, smell.

flambeau, *m.*, torch.

flamber, to flame, light up, singe, fire, glitter.

flamboyant, -e, flaming, blazing.

flanc, *m.*, side, flank.

flanelle, *f.*, flannel.

flaque, *f.*, puddle, small pool.

flasque, flabby.

flèche, *f.*, arrow.

flegme, *m.*, coldness, phlegm.

fleur, *f.*, flower.

fleuri, -e, in bloom, blooming.

flot, *m.*, tassel.

flotter, to float.

foi, *f.*, faith, promise; **ma —!** really! faith! de bonne —, in good faith, honestly.

foin, *m.*, hay.

foire, *f.*, fair.

fois, *f.*, time; **une —,** once; **que de —,** how many times; **une — que,** when once.

folie, *f.*, folly, craze, madness.

fond, *m.*, back part, bottom, rear, background; à —, thoroughly; au —, in his heart.

fonder, to found.

fondre, to fall upon, attack, melt, dissolve.

font, *pres. of* **faire.**

fontaine, *f.*, fountain.

forban, *m.*, corsair, pirate.

force, *f.*, strength, force; à — de, by dint of; à toute —, at all cost, by all means.

formellement, expressly, formally.

formidable, formidable.

fort, very, very much, strongly, hard, aloud.

fort, -e, strong, thick, heavy; le plus —, the most remarkable thing; c'est celui-là qui est —, indeed, that man is strong.

fortement, strongly.

fossé, *m.*, ditch.

fou, fol, -le, wild, mad, excessively fond, crazy.

fouet, *m.*, whip; faisait claquer son —, cracked his whip.

fouetter, to whip, whip on.

fougueu-x, -se, impetuous, fiery.

fouiller, to search, ransack, fumble.

fouillis, *m.*, medley, mess, crowd.

foule, *f.*, crowd, lot.

fouler, to tread (under one's feet).

fourgon, *m.*, van; — du train, army wagon.

fourmillement, *m.*, swarming.

fourrer (se), to bury one's self.

fourrure, *f.*, fur, hide.

foyer, *m.*, lobby, foyer (of theaters).

fragilité, *f.*, frailty, fragility.

fragment, *m.*, piece, fragment.

fraîcheur, *f.*, coolness.

frais, *m.pl.*, cost; sans les —, and the cost (of the trial) besides.

frais, *m.*, freshness, coolness; au bon —, in the cool air.

fra-is, -îche, cool, fresh.

franc, *m.*, franc (about 19 cents).

France, *f.*, France.

Français, -e, Frenchman, Frenchwoman, French.

frayeur, *f.*, fright.

frégate, *f.*, frigate.

frêle, weak, frail.

frémir, to shiver, tremble, shudder.

frémissant, -e, trembling, shuddering.

frère, *m.*, brother, friar; — quêteur, begging friar.

fréter, to charter, hire.

frétiller, to frisk, fret.

friser, to curl.

frisson, *m.*, shudder, shiver.

frissonner, to shiver, shudder, tremble.

froid, *m.,* cold, shiver; **jeta un —,** cooled down enthusiasm.

frôler, to graze (touch lightly).

front, *m.,* forehead.

frotter, to rub, dry-rub.

frotter (se), to rub one's self, rub.

fuir, to run away.

fumer, to smoke, steam.

funèbre, mournful, melancholy.

furet, *m.,* ferret.

fureur, *f.,* fury; **faire —,** to be all the rage, in vogue.

furie, *f.,* fury, rage.

furieu-x, -se, furious.

fusil, *m.,* shotgun; **— à aiguille,** needle gun; **coup de —,** gunshot.

fut, *pret. of* **être.**

futaine, *f.,* fustian.

futé, -e, shrewd.

futur, -e, future.

G

gaillardement, boldly, merrily.

gaîne, *f.,* case (of guns).

gaité, *f.,* gaiety, cheerfulness.

galère, *f.,* galley; **une vie de —,** a terrible life.

galerie, *f.,* lookers-on, gallery.

galette, *f.,* cake.

galonner, to lace (with gold or silver).

galop, *m.,* gallop.

galoper, to gallop.

gamin, *m.,* boy, gamin.

gant, *m.,* glove.

ganter, to glove, fit with gloves; **ganté de noir,** with black gloves on.

garçon, *m.,* steward (of ships), waiter, boy, man.

garçonnet, *m.,* little boy.

garde, *m.,* guard; **— champêtre,** village policeman.

garde, *f.,* guard, hilt; **se mettre en —,** to put himself on guard.

garder, to keep.

garder (se), to beware, take care.

gare, *f.,* railroad station; **chef de —,** station master.

garniture, *f.,* trimming.

gâter (se), to be marred, go wrong.

gauche, *f.,* left; **à —,** on the left; **de —,** to the left.

gaze, *f.,* gauze; **— du crépuscule,** twilight haze.

géant, -e, gigantic.

geignant, *pres. part. of* **geindre.**

geignard, -e, moaning, whining.

geindre, to moan, groan, squeak, creak.

gênant, -e, embarrassing.

gêner, to inconvenience, impede, embarrass.

général, *m.,* general.

général, -e, general.

générale, *f.,* general; **battre la —,** to beat the general, call to arms.

genou, *m.,* knee.

genouillère, *f.,* kneecap (to cover the knee).

gens, *m., f. pl.,* people.

gentilhomme, *m.,* gentleman.

geste, *m.,* gesture.

gesticuler, to gesticulate.

gibier, *m.,* game.

giboyeu-x, -se, abounding in game.

gigantesque, gigantic.

gilet, *m.,* vest; **— tricoté,** knit jacket.

gîte, *m.,* home, seat (of hares), den.

glace, *f.,* looking-glass, mirror.

glaive, *m.*, sword.
gland, *m.*, tassel.
glisser, to slip away, slide.
gloire, *f.*, glory.
glorieu-x, -se, glorious.
goguenard -e, jeering.
golfe, *m.*, bay, gulf.
gond, *m.*, hinge.
gonfler, to swell, puff up, inflate.
goudron, *m.*, tar.
gourdin, *m.*, club.
gousse, *f.*, clove (of garlic).
gouvernement, *m.*, government.
gouverner, to rule, govern.
grâce, *f.*, mercy, grace; de bonne
  —, with a good grace, willingly; — à, thanks to.
grade, *m.*, grade.
grand, -e, large, great, tall.
grandeur, size; — naturelle, life
  size.
grandiose, *m.*, grandeur.
gras, -se, fat.
grave, grave, serious.
gravement, gravely.
gravité, *f.*, gravity.
gravure, *f.*, engraving.
gré, *m.*, will; de mon plein —,
  of my own free will.
grec, -que, Greek.
Grèce, *f.*, Greece.
greffe, *m.*, clerk's office; déposer
  au —, to deliver into the clerk
  of the court's hands.
Grégory, a proper name.
grêle, thin, shrill.
grelot, *m.*, sleigh bell.
grenier, *m.*, attic, garret.
griffe, *f.*, clutch, claw.
griffer, to scratch, claw.
grillade, *f.*, toasted bread.
grille, *f.*, iron gate.
grimace, *f.*, grimace; faire la —,
  to look blue, make faces.
grimper, to climb up.

grippe, *f.*, whim; il le prit en —,
  he took a dislike to it.
gris, -e, gray; — de fer, iron
  gray.
grisé, -e, intoxicated.
grommeler, to grumble, mutter.
gronder, to growl.
gros, -se, large, big, fat.
grouiller, to stir, move.
groupe, *m.*, group, crowd, party.
grouper, to cluster.
grue, *f.*, crane.
guenille, *f.*, rag, tatter; en —s,
  tattered, ragged.
guère, hardly; ce n'était —, it
  was not much.
guéridon, *m.*, round table, gueri-
  don.
guerre, *f.*, war; de — lasse, tired
  out.
guerrier, *m.*, warrior.
gueule, *f.*, mouth (of animals).

H

(' denotes *h* aspirate.)

habillement, *m.*, clothing, clothes;
  capitaine d'—, quartermaster
  (in charge of uniforms).
habiller, to dress.
habiller (s'), to dress one's self,
  dress.
habit, *m.*, coat, habit; —s, clothing.
habiter, to inhabit, live, dwell.
habitude, *f.*, habit.
habituer (s'), to accustom one's
'hache, *f.*, hatchet.   [self.
'haie, *f.*, hedge, row.
'haleter, to pant.
'halle, *f.*, market, hall.
'halte, *f.*, halt; faire une —, to
  stop, stay; —! halt!
'hanche, *f.*, hip.

'haranguer, to address, harangue.
'harassé, -e, tired out.
'harnacher (se), to get into a harness, get ready.
'hasard, *m.*, hazard, chance; par —, by chance, accidentally, perhaps; au —, at random.
'hasarder, to venture, risk.
'hâte, *f.*, haste; en —, à la —, hastily.
'hâter (se), to hasten.
'haut, high, aloud, loudly; là—, above, up there.
'haut, *m.*, top, upper part, height; tout en —, on the very top.
'haut, -e, high, tall.
'hé, hey! I say!
hélas, alas.
hélice, *f.*, propeller, screw.
herbe, *f.*, herb, grass; —s de mer, seaweeds.
héréditaire, hereditary.
'hérissé, -e, bristling.
'hérisser (se), to bristle up.
héroïque, heroic.
héroïsme, *m.*, heroism.
'héros, *m.*, hero.
hésiter, to hesitate.
heure, *f.*, hour, time, o'clock; à l'— qu'il est, at the present time; de bonne —, soon, early; tout à l'—, a while ago, after a while; dès la première —, early in the morning.
heureusement, fortunately, happily, luckily.
heureu-x, -se, happy, fortunate, lucky.
hidalgo, *m.*, hidalgo.
'hideusement, hideously.
'hideu-x, -se, hideous.
hier, yesterday.
'hisser, to hoist up, raise.
histoire, *f.*, history, story, affair, matter.

historien, *m.*, historian; ma parole d'—, upon my word as a historian!
hiver, *m.*, winter.
'hocher, to toss (of the head).
hommage, *m.*, present, homage.
homme, *m.*, man.
honneur, *m.*, honor.
'honte, *f.*, shame; avoir —, to be ashamed.
horizon, *m.*, horizon.
horloge, *f.*, clock.
horriblement, horribly.
'hors, out; — de lui, beside himself.
hospitalité, *f.*, hospitality.
hôte, *m.*, host.
hôtel, *m.*, hotel.
hôteli-er, -ère, hotel keeper.
'hottentot, -e, Hottentot.
'hourrah, *m.*, hurrah.
'housse, *f.*, cover (of furniture).
'hublot, *m.*, porthole.
huile, *f.*, oil.
'huit, eight.
humblement, humbly.
'hulot, *m.*, porthole.
humeur, *f.*, humor, wrath; donner de l'—, to make ill-tempered.
humide, humid, damp.
humilier, to humiliate.
'hurlement, *m.*, howling, yelling.
'hurler, to howl, yell, roar.
hydre, *f.*, hydra.
hyène, *f.*, hyena.
hypocrite, *m.*, hypocrite.

ici, here; par —, near here, close by; jusqu'—, even here, as far as here.
idéal, *m.*, ideal.

idée, *f.*, idea, mind.
ignorer, to be ignorant of, not to know.
il, -s, he, it, they.
illuminer, to enlighten, illuminate.
illusion, *f.*, illusion.
illustre, illustrious.
imaginaire, imaginary.
imaginer, to fancy, imagine.
imaginer (s'), to imagine, fancy.
imbécile, *m.*, *f.*, idiot, fool.
imitation, *f.*, imitation.
imiter, to imitate.
immédiatement, immediately.
immense, immense.
immobile, motionless, immovable.
immonde, ignoble.
immortel, -le, immortal.
impatienté, -e, out of patience.
impériale, *f.*, top, roof (of stage-coaches).
impitoyable, pitiless.
important, -e, important.
importer, to import, be of moment; n'importe, no matter.
impossible, impossible.
imposteur, *m.*, impostor.
impression, *f.*, impression.
imprévu, -e, unforeseen.
imprudence, *f.*, imprudence.
imprudent, -e, imprudent.
impudemment, impudently.
incapable, incapable, unable.
incarner (s'), to become incarnate.
incertitude, *f.*, uncertainty.
incliner (s'), to bow.
incognito, incognito.
incomparable, incomparable, peerless.
incontinent, forthwith, immediately.
indéfinissable, undefinable.
indemnité, *f.*, indemnity.

Indien, -ne, Indian.
indigène, native.
indignation, *f.*, indignation.
indigné, -e, indignant.
indispensable, indispensable.
inévitable, unavoidable.
inexplicable, inexplicable, unaccountable.
inférieur, -e, lower, inferior.
infidèle, *m.*, infidel, heathen.
influence, *f.*, influence.
informe, shapeless.
infortune, *f.*, misfortune.
infortuné, -e, unfortunate.
ingénieu-x, -se, ingenious.
ingénument, ingenuously, artlessly.
inoffensi-f, -ve, harmless, inoffensive.
inoubliable, never to be forgotten.
inscription, *f.*, inscription.
inscrire (s'), to be entered, recorded.
insigne, *m.*, insignia.
insigne, signal.
insipide, dull, insipid.
insistance, *f.*, persistence.
insolite, unusual.
insomnie, *f.*, wakefulness, sleeplessness.
insouciance, *f.*, carelessness.
inspecter, to examine, inspect.
inspirer, to inspire.
installer, to instal.
installer (s'), to instal one's self.
instant, *m.*, moment, instant.
instruction, *f.*, instruction, education.
insinuation, *f.*, innuendo, insinuation.
intention, *f.*, intention.
intérieur, *m.*, interior, inland.
interloqué, -e, nonplussed.
interminable, interminable.

interroger, to question, ask questions.

interrompit, *pret. of* interrompre.

interrompre, to interrupt, break in.

intervenir, to step in, interpose, intervene.

intervint, *pret. of* intervenir.

intrépide, intrepid, fearless.

intrépidement, intrepidly, fearlessly.

intrigué, -e, puzzled.

intriguer, to puzzle.

introduire, to introduce, show in.

introuvable, undiscoverable, not to be found.

inutile, useless.

inventer, to invent.

invisible, invisible.

inviter, to invite.

invocation, *f.,* invocation.

invraisemblable, unlikely, queer, improbable.

irai, *fut. of* aller.

irrité, -e, angry, irritated.

ivre, intoxicated, drunken; — mort, dead drunk.

ivresse, *f.,* intoxication.

ivrogne, *m.,* drunkard, drunken man.

J

jacasser, to chatter, jabber.

jaguar, *m.,* jaguar.

jamais, never, ever; ne ... —, never.

jambe, *f.,* leg; à toutes —s, as fast as possible, at full speed.

jardin, *m.,* garden.

jarre, *f.,* jar.

jarret, *m.,* leg.

jasmin, *m.,* jasmine.

jaune, yellow.

jaunir, to turn yellow.

je, I.

Jeannette, *f.,* Janet.

jeter, to throw, cast, throw away.

jeter (se), to throw one's self, rush.

jeu, *m.,* play, gambling; salon de —, gambling hall; table de —, gaming table.

jeûne, *m.,* fast, fasting.

jeune, young.

jeunesse, *f.,* youth.

joie, *f.,* joy.

joignit, *pret. of* joindre.

joindre, to join, unite, add, adjoin.

joint, *pres. of* joindre.

jointure, *f.,* joint.

joli, -e, pretty.

joliment, prettily, carefully.

joue, *f.,* cheek; en —! aim!

jouer, to play, gamble; faire —, to set going, bring into play; — aux cartes, to play cards.

joueu-r, -se, gambler.

jour, *m.,* day, day light, light; tous les —s, every day; au petit —, at daybreak; huit grands —s, a whole week.

journal, *m.,* diary, journal, newspaper.

journée, *f.,* day; par petites —s, by short stages.

joyeusement, joyfully, merrily.

joyeu-x, -se, joyful, cheerful, merry.

juger, to judge.

juger (se), to be tried.

jui-f, -ve, Jew.

jurer, to swear.

juron, *m.,* oath, swearing.

jusque, till, until, to, even; —là, so far.

juste, justly, just; tout —, exactly.

justice, *f.*, justice; rendre la —, to administer justice.

justicier, *m.*, judge, justiciary.

K

kabyle, Kabyl.

képi, *m.*, military cap.

kilomètre, *m.*, kilometer (1093.63 yards).

kilométrique, kilometric; borne —, kilometer stone.

krish, *m.*, kris, creese (a Malay short sword).

L

la, the, it, her.

là, there; —-bas, over there; jusque—-, so far; de —, thence, from there.

lâche, *m., f.*, coward.

là-dessus, thereupon; par —, above all that.

laine, *f.*, worsted, wool.

laisser, to allow, let, leave.

laisser (se), to allow one's self.

lame, *f.*, wave, sea.

lamentablement, lamentably, mournfully.

langage, *m.*, language, tongue.

langue, *f.*, language, tongue.

languir, to languish.

lanterne, *f.*, lantern.

lapereau, *m.*, young rabbit.

lapin, *m.*, rabbit.

large, broad, wide; de long en —, up and down, to and fro.

large, *m.*, breadth, offing; au —, to sea.

largeur, *f.*, breadth, width.

larme, *f.*, tear.

las, -se, tired, weary; de guerre —-se, tired out.

latin, -e, Latin.

laurier, *f.*, laurel, bay leaf.

laurier-rose, *m.*, oleander, rose-bay.

lavande, *f.*, lavender.

laver, to wash.

lazo, *m.*, lasso.

lécher (se), to lick one's self.

lect-eur, -rice, reader.

lecture, *f.*, reading.

légal, legal; papiers légaux, legal papers.

léguer, to bequeath.

légume, *m.*, vegetable.

le, the, him, it.

lendemain, *m.*, next day.

lentement, slowly.

lentisque, *m.*, mastic tree, lentiscus.

léonin, -e, leonine; sa passion —e, his passion for lions.

lequel, lesquels, lesquelles, which, whom.

les, the, them.

lettre, *f.*, letter, note.

leur, them, to them.

leur, -s, their.

levant, rising.

lever, to raise; — les épaules, to shrug one's shoulders.

lever (se), to rise, get up.

lèvre, *f.*, lip.

liard, *m.*, farthing; pour deux —s, a very little.

libéral, -e, liberal.

libéra-teur, -rice, deliverer, liber-

libre, free.   [ator.

lieu, *m.*, place; au — de, instead of.

lieue, *f.*, league.

lièvre, *m.*, hare.

ligne, *f.*, infantry.

limite, *f.*, limit.

linge, *f.*, linen.
lion, *m.*, lion.
lionne, *f.*, lioness.
lire, to read.
lisait, *imperf. of* lire.
lit, *m.*, berth, bed; au —, in bed.
livre, *m.*, book.
local, -e, local.
loger, to lodge, stay over night.
logis, *m.*, home, house.
loi, *f.*, law; faire —, to be law.
loin, far; de — en —, here and there; de —, from afar; plus —, further.
lointain, -e, distant, far off.
long, *m.*, length; au —, le —, along.
long, -ue, long; de — en large, up and down, to and fro.
longtemps, long, a long while.
longue, *f.*, long syllable; à la —, in the long run, after a long while, in time, in the end.
longueur, *f.*, length; d'une —, very long.
longue-vue, *f.*, glass, spyglass.
loque, *f.*, rag.
lorsque, when.
louer, to hire.
lourd, -e, heavy, sultry.
loyal, -e, loyal.
lu, -e, *past part. of* lire.
lui, to him, to her, to it, he; chez —, at home, home; hors de —, beside himself.
lui-même, himself.
luire, to glitter, shine.
luisant, -e, glossy, shining, bright.
lumière, *f.*, light.
lune, *f.*, moon; au clair de —, in the moonlight.
lunette, *f.*, eyeglass; — marine, marine glass; —s, spectacles.
lut, *pret. of* lire.
lutte, *f.*, struggle.

M

M.=monsieur, MM.=messieurs, Sirs, Gentlemen.
macadamiser, to macadamize.
machine, *f.*, engine; — en avant, go ahead, forward; — en arrière, backward.
mâchoire, *f.*, jaw.
Madame, *f.*, Madam, Mrs.
magasin, *m.*, store.
magie, *f.*, magic.
magique, magic.
magistrature, *f.*, magistracy.
magnifique, magnificent.
magot, *m.*, money, hoard of money.
maigre, thin.
maille, *f.*, mesh, stitch.
main, *f.*, hand; poignée de —s, handshaking; de longue —, for a length of time, for a long time; en un tour de —, at once; lui glisser dans la —, getting away from him; sous la —, at hand; coup de —, sudden attack.
maintenant, now.
maire, *m.*, mayor.
mais, but.
maison, *f.*, house, firm.
maître, *m.*, master.
majesté, *f.*, majesty.
majestueu-x, -se, majestic.
majorité, *f.*, majority; à sa —, when he is of age.
mal, badly; pas —, enough, pretty well; — à l'aise, ill at ease.
mal, *m.*, sickness; — de mer, seasickness; avoir le — de mer, to be seasick.
malade, *m.*, *f.*, ill person.
maladroit, -e, awkward, unskilful.

malais, -e, Malay.

mâle, male, manly.

malédiction, f., malediction.

malgré, in spite of.

malheur, f., misfortune; par —, unfortunately.

malheureusement, unhappily, unfortunately.

malheureu-x, -se, unfortunate, unhappy.

malle, f., trunk; faire une —, to pack a trunk.

maltais, -e, Maltese.

manche, f., sleeve.

manche, m., handle, pole.

manger, to eat, eat up; salle à —, dining room.

maniement, m., handling.

manière, f., manner; le reçut de la belle —, answered sharply.

manœuvre, f., working (of ships).

manquer, to be wanting, lack, be missing.

manteau, m., cloak.

manuel, m., manual.

maquis, m., thicket.

marabout, m., the tomb of a saintly Mohammedan.

maraîcher, m., kitchen gardener.

marais, m., swamp.

maraudeur, m., marauder.

marchand, -e, dealer, merchant.

marchandise, f., merchandise.

marche, f., walk, gait, march; —s forcées, forced marches; en —, on the march, marching.

marché, m., market, market people; place du —, market place.

marcher, to walk.

mare, f., pool.

marelle, f., hopscotch.

mari, m., husband.

marin, m., sailor.

marinier, m., sailor, mariner.

marmotte, f., marmot.

marquer, to mark, mark down, show.

Marseillais, -e, an inhabitant of Marseilles.

masque, m., mask.

masquer, to mask.

massacre, m., massacre, slaughter.

massacrer, to slay, massacre.

masse, f., mass.

massue, f., club.

mât, m., mast.

mat, -e, dead, dull.

matelot, m., sailor.

matériel, m., material.

matière, f., matter; en — de conclusion, as a conclusion.

matin, m., morning.

matinée, f., morning.

matraque, f., stick, club.

maudire, to curse.

Maure, m., f., Moor.

Mauresque, f., Moor woman.

mauvais, -e, bad, rough (of the sea).

me, me, to me.

méchant, -e, poor, wretched, wicked, bad.

mèche, f., wick.

Mecque (la), f., Mecca.

mécréant, m., miscreant.

médecin, m., physician.

méfiance, f., distrust, diffidence.

méfier (se), to beware, mistrust, distrust.

meilleur, -e, better; le —, la —, the best.

mélancolie, f., melancholy.

mélancolique, melancholy.

mélancoliquement, sadly, with melancholy.

mêlée, f., conflict, affray, contest.

mêler (se), to take a hand in, mingle.

même, even, same; pas —, not even; tout de —, just the same, however.

mémoire, f., memory; de — d'homme, within the memory of man.

ménagerie, f., menagerie.

mener, to lead.

mensonge, m., falsehood, story.

menteu-r, -se, liar, story-teller.

mentir, to lie, tell a story.

menu, m., detail; par le —, with all particulars.

mépris, m., scorn.

méprise, f., mistake.

mer, f., sea; herbes de —, sea-weeds; mal de —, seasickness; avoir le mal de —, to be sea-sick.

merci, m., thanks.

mère, f., mother.

méridional, -e, Southerner, southern.

mériter, to deserve.

merle, m., blackbird.

merveilleu-x, -se, marvellous.

mésaventure, f., misadventure, mishap.

mesure, f., measure, cadence.

Messieurs, m. pl., Messrs., Sirs, Gentlemen.

mesure, f., measure; à — que, in proportion as; par —, as a measure.

met, pres. of mettre.

métal, m., metal.

mètre, m., meter (1.093 yard).

mettre, to put, place.

mettre (se), to put one's self, begin.

meurtri-er, -ère, murderous.

meurtrir, to bruise.

mexicain, -e, Mexican.

microscopique, microscopical, very small.

midi, m., South, noon.

miel, m., honey.

mieux, better; de son —, as well as he could; je ne demande pas —, I ask nothing better; le —, the best.

milieu, m., middle, midst; au —, in the middle, among.

militaire, m., soldier.

mille, thousand.

millier, m., thousand.

mimer, to mimic.

mince, slender.

mine, f., face, mien.

minerai, m., ore.

minuit, m., midnight.

minute, f., minute; à la —, in a minute.

miracle, m., miracle.

mirage, m., mirage.

mirifique, wonderful, marvelous.

miroir, m., mirror; — à main, hand mirror.

miser, to put up (gambling).

misérable, m., f., wretch.

misère, f., misfortune, misery.

miséricorde, f., pity, mercy; — ! help !

mit, prét. of mettre.

mode, f., fashion, manner.

modèle, f., model, shape.

modeste, modest.

mœurs, f. pl., manners, customs, habits.

moi, me, to me, myself, I; à — ! help !

moindre, less, least.

moine, m., monk.

moins, m., least, less; au —, at least.

moire, f., moire.

mois, m., month.

moisi, -e, mouldy.

moitié, f., half; à —, half.

moka, m., mocha (coffee).

moment, *m.*, moment, while.

mon, ma, mes, my.

monde, *m.*, world, people; tout le
—, everybody; peu de —, but
a few people.

monnaie, *f.*, money; — de poche,
change, pocket money.

monsieur, *m.*, Mr., Sir.

monstre, *m.*, monster.

mont, *m.*, mount, hill.

montagne, *f.*, mountain; —s rocheuses, Rocky Mountains.

monténégrin, -e, of Montenegro.

Monténégro, *m.*, Montenegro.

monter, to go up, carry up, rise,
ride.

monter (se), to be put up.

montrer, to show, point ouᵗ.

montrer (se), to show to one another, show one's self, appear.

monture, *f.*, animal for riding.

moquer (se), to make fun of.

morceau, *m.*, piece, bit, morsel.

mordre, to bite.

mordre (se), to bite one another.

morne, dull, gloomy.

mort, -e, dead; ivre —, dead
drunk.

mortel, -le, mortal.

mosquée *f.*, mosque.

mot, *m.*, word.

mouche, *f.*, fly; prit la —, became
irritated, angry.

moue, *f.*, pouting, wry face, face.

mouette, *f.*, sea gull.

mouillé, -e, wet.

mouiller (se), to get wet.

moule, *f.*, mussel.

mourir, to die.

mousse, *m.*, cabin boy.

moustache, *f.*, mustache.

mouton, *m.*, mutton, sheep.

mouvement, *m.*, motion, move-
ment, commotion.

moxa, *m.*, moxa.

moyen, *m.*, means.

mufle, *m.*, muzzle (of animals).

mule, *f.*, mule.

municipal, -e, municipal.

municipalité, *f.*, municipality.

mur, *m.*, wall.

muraille, *f.*, wall.

murmurer, to murmur, whisper.

muscat, *m.*, muscatel.

muscle, *m.*, muscle.

musical, -e, musical.

musicien, -ne, musician.

musique, *f.*, music.

musqué, -e, musk.

musulman, -ne, Mussulman.

myrte, *m.*, myrtle.

mythologique, mythological.

mystérieu-x, -se, mysterious.

mystification, *f.*, mystification.

N

nage, *f.*, swimming; à la —,
swimming, by swimming.

nager, to swim.

naïade, *f.*, naiad.

naï-f, -ve, naïve, simple person.

nain, -e, dwarf; palmier —,
dwarf palm.

nappe, *f.*, tablecloth.

narghilé, *m.*, Turkish pipe.

narine, *f.*, nostril.

natal, -e, native.

nature, *f.*, nature.

naturel, -le, natural; grandeur
-le, life size.

naturellement, naturally.

naufrage, *m.*, shipwreck.

navet, *m.*, turnip.

navire, *m.*, ship.

navré, -e heartbroken.

ne ... pas, no, not; —... que,
only.

néanmoins, nevertheless.

négligent, -e, careless, negligent.
nègre, *m.*, negro.
négresse, *f.*, negress, negro-
net, short.   [woman.
neuf, nine.
neu-f, -ve, new; à —, like new,
anew.
nez, *m.*, nose; au —, in their
faces; mettre le —, to look
out.
ni...ni, neither...nor.
niche, *f.*, niche.
nichée, *f.*, set, crowd, nest (of
birds).
nid, *m.*, nest.
noble, noble.
nocturne, nocturnal, of the night.
nœud, *m.*, bow, knot; à —s,
knotty.
noir, -e, black, dark; ganté de
—, with black gloves on.
Noiraud, *m.*, a proper name.
noisette, *f.*, hazelnut; redingote
—, hazel color frock coat.
nom, *m.*, name.
nombreu-x, -se, numerous.
nommer, to name.
nommer (se), to name to each
other.
non, no, not.
nord, *m.*, North.
notaire, *m.*, notary.
note, *f.*, bill.
noter, to mark, note, note down.
notre, nos, our.
nourrir (se), to live, feed.
nouveau, nouvel, -le, new, other,
fresh.
nouveauté, *f.*, novelty.
nouvelle, *f.*, news; n'a pas donné
de ses —s, has not been heard
from.
noyer, to drown.
noyer (se), to get drowned,
drown.

nu, -e, bare, naked; pieds —s,
barefooted.
nuée, *f.*, flight (of birds), crowd,
swarm.
nuit, *f.*, night; sac de —, valise,
carpetbag; la —, at night.

O

O, oh!
objet, *m.*, object, thing.
obliger, to oblige, compel.
obscurcir, to grow dim.
obstinément, obstinately.
occasion, *f.*, chance, occasion.
occident, *m.*, West.
occuper (s'), to mind, occupy
one's self.
occurrence, *f.*, occurrence.
odeur, *f.*, odor.
œil, *m.*, eye; coup d'—, glance,
show, general appearance,
view; en un clin d'—, in the
twinkling of an eye; de tous
ses yeux, very intently.
œuf, *m.*, egg; punch aux —s,
eggnog.
offert, -e, *past part. of* offrir.
officier, *m.*, officer.
offrir, to offer.
oignon, *m.*, onion.
oiseau, *m.*, bird; — de passage,
bird of passage.
olive, *f.*, olive.
olivier, *m.*, olive tree.
ombragé, -e, shaded.
ombre, *f.*, shade, shadow, dark-
ness.
omnibus, *m.*, omnibus.
on, one, people, they, we.
onze, eleven.
ophtalmie, *f.*, ophthalmia.
opinion, *f.*, opinion.
opium, *m.*, opium.

or, now.

or, *m.*, gold; d'—, adorned with gilded tinsel.

oranger, *m.*, orange tree.

ordonner, to order, command.

ordre, *m.*, order.

oreille, *f.*, ear; n'entendait pas de cette —là, would not hear of it.

oreiller, *m.*, pillow.

oreillette, *f.*, ear muff.

orgueil, *m.*, pride.

orient, *m.*, Orient.

oriental, -e, Oriental.

oripeau, *m.*, tinsel, tinseled decoration.

oser, to dare.

osseu-x, -se, bony.

ôter, to remove, take down.

ou, or.

où, where; d'—, whence, from where.

oublier, to forget.

oui, yes.

ouragan, *m.*, hurricane.

ourdisseu-r, -se, warper.

ours, *m.*, bear.

outiller (s'), to provide one's self with implements, tools.

outre (en), besides.

ouvert, -e, *past part. of* ouvrir.

ouverture, *f.*, opening.

ouvrir, to open.

ouvrir (s'), to open, be opened

P

page, *f.*, page.

paille, *f.*, straw.

pain, *m.*, bread.

paire, *f.*, pair.

paisible, peaceful, quiet.

paisiblement, peacefully, quietly.

palais, *m.*, palace.

palan, *m.*, tackle, tackling.

pâle, pale.

pâlir, to turn pale.

palmier, *m.*, palm tree; — nain, dwarf palm.

pampa, *f.*, pampas.

pan, *m.*, skirt (of coats).

pan! bang!

panique, *f.*, panic.

panoplie, *f.*, panoply.

pantalon, *m.*, trousers.

panthère, *f.*, panther.

pantoufle, *f.*, slipper.

papier, *m.*, paper; —s légaux, legal papers.

paquebot, *m.*, steamer.

par, by, through, out of, in, on; — là-dessus, above all that.

parade, *f.*, parade, show.

paraître, to look, appear.

parapluie, *m.*, umbrella.

parbleu! of course! to be sure.

pardon, *m.*, pardon.

pareil, -le, like, similar, equal.

parenthèse, *f.*, parenthesis; par —, by the way.

parer, to parry, ward off.

paresse, *f.*, idleness, laziness.

parfait, -e, perfect.

parfois, sometimes.

parfum, *m.*, perfume, odor.

parfumé, -e, fragrant, flavored, perfumed.

parfumer, to perfume.

parier, to bet, wager.

Parisien, -ne, Parisian.

parler, to speak, talk.

parmi, among, in.

parole, *f.*, word; ma — d'historien! upon my word as a historian! prit la —, began to speak.

part, *f.*, part; quelque —, somewhere.

partager, to share.

partie, *f.*, part.
partir, to leave, depart, go, go off, come, sail; à — de, from, to start from.
partout, everywhere.
parvenir, to succeed, be successful.
parvint, *pret. of* parvenir.
pas, *m.*, step; à deux —, two steps away; emboîter le —, to lock up, walk close to; — accéléré, quick march, step; — de velours, noiseless step.
pas, no, not; ne...—, no, not.
passage, *m.*, passage; oiseau de —, bird of passage.
passag-er, -ère, passenger.
passant, -e, passer-by.
passe-partout, *m.*, latchkey.
passer, to pass, spend (of time), cross; y passèrent, went.
passer (se), to take place.
passe-temps, *m.*, pastime; par —, as a pastime.
passion, *f.*, passion.
pastèque, *f.*, watermelon.
patience, *f.*, patience.
pâtisserie, *f.*, pastry.
patriarcal, -e, patriarchal.
patriarche, *m.*, patriarch.
patte, *f.*, leg (of animals), paw, leg; —s de derrière, hind legs.
pauvre, poor.
pavé, *m.*, paving stone, pavement.
pavillon, *m.*, flag.
payer, to pay.
payer (se), to treat one's self to, indulge in.
pays, *m.*, country, home, fatherland.
paysage, *m.*, landscape.
paysan, -ne, peasant.
peau, *m.*, skin, hide; à — d'ébène, with a black skin.

peignant, *pres. part. of* peindre.
peindre (se), to paint one's self.
peine, *f.*, trouble, pain; à —, hardly; — perdue, it was lost labor; faire —, to pain.
peint, -e, painted.
peintre, *m.*, painter.
pêle-mêle, pellmell.
pemmican, *m.*, pemmican.
pencher, to lean.
pencher (se), to lean.
pendant, during; — que, while.
pendre, to hang.
pendule, *f.*, clock; — à sujet, clock with a top ornament.
pensée, *f.*, thought.
penser, to think, imagine.
pensi-f, -ve, thoughtful, pensive.
pensionnaire, *m.*, *f.*, boarder, animal (of menageries).
pensivement, thoughtfully, pensively.
pente, *f.*, slope.   [sively.
perche, *f.*, pole.
perdre, to lose; peine perdue, it was lost labor.
perdre (se), to lose one's self, disappear.
père, *m.*, father.
perfectionner, to improve, perfect.
permettre, to permit, allow.
permission, *f.*, permission; en —, on furlough.
perpétuel, -le, perpetual, everlasting.
perpétuellement, perpetually, forever.
perroquet, *m.*, parrot.
Perse, *f.*, Persia.
persienne, *f.*, shutter.
personnage, *m.*, personage, person.
personne, *f.*, person, people; ne ...—, nobody, anybody.

persuader, to persuade.

perte, *f.*, loss; à — de vue, as far as the eye can reach.

peser, to be heavy, bear upon.

peste, *f.*, plague.

pester, to scold, storm.

pestilentiel, -le, pestilential.

petit, -e, small, little, short.

peu, little, few; — à —, little by little; avant —, very soon; un —, a little; si —, so little.

peuple, *m.*, people, population.

peur, *f.*, fear; avoir —, to be afraid; de —, for fear.

peut-être, perhaps.

pharmacie, *f.*, pharmacy, drug store.

pharmacien, *m.*, pharmacist, druggist.

phénoménal, -e, phenomenal.

philosophe, *m.*, philosopher.

phoque, *m.*, seal.

photographe, *m.*, photographer.

photographie, *f.*, photograph.

physionomie, *f.*, physiognomy, general appearance.

piailler, to prattle, bawl, chatter, shriek.

piano, *m.*, piano.

piastre, *f.*, piaster (about a dollar).

pièce, *f.*, piece, coin; mettre en —s, to tear to pieces.

pied, *m.*, foot; de plain——, level with; de — en cap, from top to toe; était sur —, was up; mettre — à terre, to land, set foot on the ground; resta un — en l'air, stopped short; un bon —, fully a foot; aller à —, to go on foot; coup de —, kick; —s nus, barefooted; lui tenant —, keeping up with it.

pierre, *f.*, stone; — ponce, pum-

icestone; rasé à la — ponce, clean shaven.

pieu, *m.*, post.

pillage, *m.*, looting, pillage.

pimpant, -e, smart.

pipe, *f.*, pipe.

pirate, *m.*, pirate.

piste, *f.*, track, trail.

pitié, *f.*, pity; faisait —, was pitiful.

pittoresque, picturesque.

place, *f.*, place, spot, square, public square, room.

placement, *m.*, placing, putting; était d'un — difficile, was hard to get rid of.

placer (se), to place one's self.

plage, *f.*, beach.

plaie, *f.*, wound.

plaignaient, *imperf. of* plaindre.

plaignant, -e, complainant, complaining party.

plain, -e, plain, even, flat; de —-pied, level with.

plaindre (se), to complain, [moan.

plaine, *f.*, plain.

plaisir, *m.*, pleasure.

plan, *m.*, plan.

planer, to soar.

plant, *m.*, plantation, bed (of gardens).

plante, *f.*, plant.

planter, to set, fix, plant, drive (into the ground).

planter (se), to place one's self.

plaque, *f.*, plate, badge; homme à la —, man with a badge.

plastron, *m.*, bodice.

platane, *m.*, plane tree.

plein, -e, full; en — Afrique, in the middle of Africa.

pleurer, to weep, cry.

plonger, to plunge, overlook.

plonger (se), to plunge, engross, occupy one's self.

pluie, *f.*, rain.

plume, *f.*, feather.

plumer, to fleece.

plus, more; ne...—, only, no longer; le —, the most; — de, no more, no longer; au —, at the most; de — en —, more and more; pas —, not more, no more; de —, moreover; non —, either; en —, moreover.

plusieurs, several.

plutôt, rather.

poche, *f.*, pocket; — de cuir, leather case; monnaie de —, change, pocket money.

poids, *m.*, weight.

poignard, *m.*, dagger.

poignée, *f.*, handful; — de mains, hand shaking.

poil, *m.*, hair.

poing, *m.*, fist.

pointe, *f.*, point.

poitrine, *f.*, chest, breast.

poli, -e, polite.

poliment, politely.

polisson, *m.*, rascal.

polka, *f.*, polka.

poltron, -ne, coward.

pompon, *m.*, tassel.

pont, *m.*, bridge, deck.

pont-levis, *m.*, drawbridge.

populaire, popular.

port, *m.*, harbor, port.

portati-f, -ve, portable.

porte, *f.*, door, gate.

portefaix, *m.*, porter, street-porter.

portefeuille, *m.*, portfolio, pocket-book.

porter, to carry, bear, wear.

porteur, *m.*, porter.

porte-voix, *m.*, speaking trumpet.

portière, *f.*, door (of carriages).

poser, to place, put.

positi-f, -ve, positive, certain.

position, *f.*, position.

possible, possible.

poste, *m.*, post, waiting place.

poste, *f.*, post; chaise de —, post-chaise.

postillon, *m.*, postilion.

pot, *m.*, pot, pitcher, jar.

poteau, *m.*, post, pole, stake.

poudre, *f.*, gunpowder; faisaient parler la —, shot their guns.

poudreu-x, -se, dusty.

poule, *f.*, hen, chicken.

poulet, *m.*, chicken.

poulie, *f.*, pulley.

pour, for, to, in order to, as to, on.

pourquoi, why, what for.

pourrir, to rot, make rotten.

poursuite, *f.*, pursuit; à la — de, in pursuit of.

pourtant, however, yet, nevertheless.

pousser, to utter, give out; — un soupir, to heave a sigh.

poussière, *f.*, dust.

pouvoir, can, may, to be able.

pratique, *f.*, practice.

précaution, *f.*, precaution.

précieu-x, -se, precious.

précipité, -e, hurried.

précipiter (se), to rush.

précisément, precisely, just so, [exactly.

préférer, to prefer.

préfet, *m.*, prefect.

premi-er, -ère, first.

prendre, to take, take up, lay hold of; s'y —, to manage, arrange things, go about.

prendre (se), to begin.

préparer, to prepare.

préparer (se), to get ready, prepare one's self.

près, near; tout —, very near; — de, almost.

présence, *f.*, presence.
présenter, to present.
président, *m.*, president.
presque, almost.
pressé, -e, in haste.
presser, to press, urge, be urgent.
presser (se), to hurry, hasten, crowd one another.
prestement, quickly, nimbly.
prêt, *m.*, salary (military).
prétendre, to pretend, affirm.
preuve, *f.*, proof.
prévenir, to prevent.
prier, to beg, pray.
prince, *m.*, prince.
prirent, *pret. of* prendre.
pris, *past part. of* prendre.
prise, *f.*, taking; aux —s, strug-
prison, *f.*, prison, jail.   [gling.
privation, *f.*, privation, depriva-
tion.
privé, -e, deprived, private; en son —, privately, at home.
privilège, *m.*, privilege.
prix, *m.*, price, value.
probable, probable, likely.
procédure, *f.*, procedure, proceed-
ings.
procès-verbal, official report; dresser —, to write down an official report.
prochain, -e, early, approaching.
proclamer, to proclaim.
prodigieu-x, -se, prodigious.
produire, to produce.
profession, *f.*, profession.
profiter, to take advantage.
profond, -e, deep, profound.
proie, *f.*, prey.
projet, *m.*, project.
projeter, to project.
promenade, *f.*, promenade, walk, ride, lead.
promener (se), to promenade, walk, walk up and down, ride.

promettre, to promise.
prononcer, to pronounce, utter.
propos, *m.*, talk; à —, by the way, opportunely; à tout —, at every turn.
proposer (se), to propose, in-
tend.
proposition, *f.*, proposal.
propre, own, proper.
propreté, *f.*, neatness, cleanli-
ness.
prouver, to prove.
provençal, -e, an inhabitant of Provence, the Provençal language.
province, *f.*, province.
prudence, *f.*, prudence.
prudent, -e, prudent.
pu, *past part. of* pouvoir.
publi-c, -que, public.
puis, then.
puisque, since.
puissance, *f.*, power, force.
puits, *m.*, well.
punch, *m.*, punch; — aux œufs, eggnog.
purent, *pret. of* pouvoir.

Q

quadrupède, *m.*, quadruped.
quai, *m.*, quay, wharf.
quand, when, even if.
quant à, as to.
quarante, forty.
quart, *m.*, quarter, fourth.
quartier, *m.*, quarter.
quatre, four; de trois à —, from three to four o'clock.
quatrième, fourth.
que, than, that, but, whom, which, how, how much; — de, how many, how much.

quel, -lè, quel-s, -les, what, which, who.

quelque, -s, some, few.

quelquefois, sometimes.

quelqu'un, -e, some one, any one.

querelle, *f.*, quarrel.

question, *f.*, question; qu'il n'en soit plus —, let the matter be dropped.

quête, *f.*, collection; se mit en —, looked for.

quêteu-r, -se, gatherer, begging; frère —, begging friar.

queue, *f.*, tail; — de billard, billiard cue; en —, in the rear.

qui, that, which, who, whom.

quinze, fifteen.

quitte, free, discharged; en fut — pour, came off with.

quitter, to leave, quit.

quitter (se), to leave one another.

quoi, what, which; sur —, whereupon; de —, enough; sans —, otherwise.

quoique, although.

R

rabaisser, to pull down, lessen.

racaille, *f.*, rabble, riffraff.

race, *f.*, race.

raconter, to tell, relate.

rade, *f.*, road, roadstead.

radieu-x, -se, radiant.

radoucir (se), to be pacified, relent, soften.

rage, *f.*, rage, craze.

raide, stiff.

raidillon, *m.*, steep road.

rail, *m.*, railroad track, rail.

raisin, *m.*, grapes.

râler, to groan.

ramassé, -e, squat.

ramasser (se), to roll one's self up.

rame, *f.*, oar.

rameau, *m.*, branch.

ramener, to bring back, pull back.

rancune, *f.*, rancor, ill will.

rang, *m.*, row, rank.

rangée, *f.*, row.

ranger, to set in order, arrange.

ranger (se), to stand, draw up.

rapatrier, to take home again, repatriate.

rapide, rapid.

rapidement, rapidly, quickly.

rappeler, to recall, remind.

rappeler (se), to remember.

rapporter (se), to tally.

rapprocher (se), to come near again, approach again, come near one another, come nearer.

rare, scarce, rare.

ras, -e, short; au — de, close to.

raser, to shave; rasé à la pierre ponce, close-shaven; tout frais —, clean shaven.

raser (se), to shave.

rasoir, *m.*, razor.

rassurer, to reassure, tranquilize.

rattraper, to overtake, catch again, make up.

ravaler, to debase, put down.

raviser (se), to change one's mind.

rayé, -e, rifled (of guns).

rayonnant, -e, radiant.

rayonnement, *m.*, radiance, beaming.

razzia, *f.*, raid, razzia.

réactionnaire, reactionary.

réalité, *f.*, reality.

receveur, *m.*, receiver; — de l'enregistrement, recorder.

recevoir, to receive.

rechausser, to put on again.
rêche, rough (to the touch).
récit, *m.*, story, recital.
réclamer, to demand, claim.
recommander, to request.
recommencer, to begin again, repeat.
reconnaître, to acknowledge, recognize.
recours, *m.*, recourse; avoir — à, to have recourse to.
recouvrir, to cover.
redingote, *f.*, frock coat.
redoutable, redoubtable.
redresser (se), to get up again.
réduire, to reduce.
réduit, *m.*, small room.
réellement, really.
refermer, to close again.
reflet, *m.*, reflection.
réflexion, *f.*, reflection, thinking.
refuser (se), to refuse.
regagner, to reach again.
regard, *m.*, glance, look.
regarder, to look at, look.
regarder (se), to look at one another.
régime, *m.*, diet.
régler, to regulate, set.
réglisse, *f.*, licorice.
régner, to reign.
regret, *m.*, regret.
regretter, to regret.
réguli-er, -ère, regular.
régulièrement, regularly.
reins, *m. pl.*, back.
rejeter, to throw back.
rejoignit, *pret. of* rejoindre.
rejoindre, to join, meet, catch up, overtake.
relai, *m.*, relay.
relation, *f.*, relation.
relever, to raise, put up, set up again.

relever (se), to get up again, rise.
religieusement, religiously.
reluire, to shine; faire —, to polish, rub.
remercier, to thank.
remettre (se), to begin again.
remit, *pret. of* remettre.
remis, -e, recovered, recognized.
remords, *m.*, remorse.
rempart, *m.*, rampart, fortification.
remuer, to move, wag.
rencoigner (se), to hide one's self in a corner.
rencontre, *f.*, encounter, meeting; faire une mauvaise —, to be attacked.
rencontrer, to meet.
rendez-vous, *m.*, meeting place.
rendre, to render, give back, make; — la justice, to administer justice.
renfoncer (se), to settle down.
rengaîner, to sheathe (of swords).
rengorger (se), to carry one's head high.
renier, to disown.
renifler, to sniff.
renoncer, to give up, renounce.
renouer, to tie again; — connaissance, to become acquainted again.
renseignement, *m.*, information.
renseigner, to inform, give information.
renti-er, -ère, independent gentleman, lady.
rentrée, *f.*, return, reappearance.
rentrer, to go back, enter again, reënter, return.
renverser, to upset.
répéter, to repeat.
replier (se), to fall back, retreat.

répondre, to answer; je vous en réponds, I answer for this.

réponse, f., answer.

repos, m., rest.

repousser, to push, push back.

reprendre, to take again, say again, resume.

reprit, pret. of reprendre.

réputation, f., reputation.

rescousse, f., rescue.

réséda, m., mignonette.

résigner (se), to resign, be resigned.

résine, f., rosin.

résolu, -e, resolute.

respect, m., respect.

respectueu-x, -se, respectful.

respirer, to breathe, smell.

ressembler, to resemble.

ressort, m., spring (of carriages).

ressource, f., resource.

restaurant, m., restaurant.

reste, m., rest, remainder; du —, besides, moreover.

rester, to remain.

retenir, to hold, hold back.

retentir, to resound, rattle.

retirer, to retire.

retirer (se), to withdraw, go.

retomber, to fall down again.

retour, m., return; était de —, had returned; sans —, for ever.

retourner, to go back, return.

retourner (se), to turn around.

retourner (s'en), to go back, go away.

retraite, f., retreat, tattoo; en —, retired.

retrouver, to find again.

réunir (se), to meet, assemble, gather.

rêve, m., dream.

réveiller, to awake.

réveiller (se), to awake.

revenir, to return, go back, come back, be undeceived.

revenu, past part. of revenir.

rêver, to dream.

réverbère, m., street lamp.

revers, m., back, facing.

révolver, m., revolver.

Rhône, m., Rhone river.

rhum, m., rum.

rhumatisme, m., rheumatism.

ricaner, to sneer.

riche, rich, wealthy.

ridé, -e, wrinkled.

ridicule, ridiculous.

rien, nothing, anything; n'avait l'air de —, did not look like anything; comme si de — n'était, as if nothing had happened; plus —, nothing more.

rifle, m., rifle.

rigide, rigid, stiff.

rire, to laugh; le voilà parti à —, he burst out laughing.

rire, m., laughter; éclater de —, to burst out laughing.

risée, f., laugh; servir de — , to be the laughingstock.

risquer, to risk, venture.

rive, f., shore.

rivière, f., river.

riz, m., rice.

Robert, m., Robert.

roche, f., rock.

rocheu-x, -se, rocky; Montagnes —ses, Rocky Mountains.

rôdeu-r, -se, prowler, rover.

roi, m., king.

rôle, m., part.

roman, m., novel.

romance, f., song.

romanesque, romantic.

romarin, m., rosemary.

rompre, to break.

ronce, f., brier, bramble.

ronfler, to snore.
rosa, f., (Latin), rose.
rose, m., pink (color).
rosée, f., dew.
rossignol, m., nightingale.
rôtir, to roast.
rotonde, f., rotunda (back compartment of a stage-coach).
roue, f., wheel.
rouge, red.
rougeaud, -e, ruddy, red-faced.
rougir, to blush, redden.
rouillé, -e, rusty.
roulement, m., rolling, rumbling sound.
rouler, to roll.
rouler (se), to roll one's self, wallow.
route, f., road, way; feuille de —, route, itinerary; puis en —, then he started out; en —, on the way; la grande —, the highway; se mettre en —, to set out.
rou-x, -sse, red (of hair).
royal, -e, royal.
royalement, royally.
royauté, f., royalty.
ruban, m., ribbon.
rude, rude, rough; en avait vu de —s, had passed through a severe ordeal.
rue, f., street.
ruelle, f., lane, narrow street.
ruer (se), to rush.
rugir, to roar.
rugissant, -e, roaring.
rugissement, m., roar, roaring.
ruisselant, -e, streaming, wet through.
ruisseler, to stream.
russe, Russian.
Russie, f., Russia.
rustre, m., boor.

S

sable, m., sand.
sabre, m., sword, sabre.
sac, m., sack, bag; — de nuit, valise, carpetbag.
sachant, pres. part. of savoir.
sacré, -e, sacred.
sage, wise.
Sahara, m., Sahara desert; en plein —, in the middle of the Sahara desert.
saint, -e, holy, saint; —e vierge, the Virgin Mary.
Saint-Jean, m., Saint John.
Saint-Nicolas, m., Saint Nicholas.
sais, pres. of savoir.
saisir, to seize, take hold of.
salade, f., salad.
salle, f., room, hall; — à manger, dining room; — d'attente, waiting room.
salon, m., parlor, drawing-room, saloon (of steamers); — de jeu, gambling hall.
saluer, to bow, salute.
samedi, m., Saturday.
sang, m., blood; son —...ne fit qu'un tour, his blood rushed to his head.
sanglant, -e, bloody.
sanglé, -e, tightly buttoned.
sangler, to strap, bind.
sans, without.
sardine, f., sardine.
satanique, satanic.
satin, m., satin.
saturnales, f. pl., saturnalia.
saurez, fut. of savoir.
saut, m., jump, leap; faire un —, to jump.
sauter, to jump, leap, jerk.
sauvage, wild, savage.
sauver (se), to run away.

savoir, to know; est-ce que je sais, what else do I know, many others.

savoir (se), to be known.

savon, *m.*, soap.

savonnette, *f.*, shaving-mug.

Savoyard, -e, an inhabitant of [Savoy.

scalper, to scalp.

scène, *f.*, scene.

science, *f.*, science.

scorpion, *m.*, scorpion.

scruter, to scrutinize.

sculpture, *f.*, carving, sculpture.

se, one's self, himself, herself, itself, themselves, one another, each other.

sébile, *f.*, wooden bowl.

s-ec, -èche, dry, thin; à —, dry.

second, -e, second.

secouer, to shake.

secours, *m.*, help, succor.

secousse, *f.*, shaking, shake.

séculaire, secular.

sécurité, *f.*, security.

séduire, to attract, seduce.

séduisant, -e, attractive, prepossessing.

sein, *m.*, middle, bosom.

semaine, *f.*, week; par —, a week; deux grandes —s, two whole weeks.

semblable, similar, such.

sembler, to seem, appear.

semelle, *f.*, sole; ne le quittant pas d'une —, closely following in his footsteps.

sens, *m.*, direction, sense.

sensation, *f.*, sensation; à —s, sensational.

sentier, *m.*, path.

sentimental, -e, sentimental.

sentir, to feel, smell.

sentir (se), to feel, feel one's self.

sept, seven.

septentrional, -e, Northern.

seraient, *cond. of* être.

sérénade, *f.*, serenade.

sergent, *m.*, sergeant; — de ville, policeman.

serrer, to press, clinch (of teeth).

service, *m.*, service; faire le —, to perform the service.

serviette, *f.*, napkin; — de cuir, leather portfolio.

servir, to serve; — de risée, to be the laughingstock.

servir (se), to use.

seuil, *m.*, threshold.

seul, -e, only, alone, only one, single; — à —, entirely alone.

seulement, only.

sévère, severe, strict.

si, so, so much, thus, yes, if; — ...que, no matter how.

siège, *m.*, siege; mettre en état de —, to proclaim the martial law.

sien, -ne, le, la, siens, siennes, les, his, hers, its.

sifflement, *m.*, whistling, hissing.

siffler, to whistle.

sifflet, *m.*, whistle, whistling.

signal, *m.*, signal.

signalement, *m.*, description.

signe, *m.*, sign.

signer (se), to cross one's self, make the sign of the cross.

silence, *m.*, silence.

silencieusement, silently.

silencieu-x, -se, silent.

silex, *m.*, silex, flint.

simplement, simply.

sincèrement, sincerely.

singe, *m.*, monkey.

singuli-er, -ère, singular, queer, odd.

sinistrement, sinistrously.

sitôt, so soon, as soon; — que, as soon as.

situation, *f.*, situation, position.
six, six.
société, *f.*, society.
soie, *f.*, silk.
soient, *subj. of* être.
soieries, *f. pl.*, silks.
soif, *f.*, thirst.
soigner, to nurse, care for.
soigneusement, carefully.
soin, *m.*, care; avoir —, to be careful.
soir, *m.*, evening; le —, in the evening; tous les —s, every evening.
soirée, *f.*, evening.
soit, *pres. subj. of* être; —...—, either...or.
sol, *m.*, soil, ground.
soldat, *m.*, soldier.
soleil, *m.*, sun; sunlight; le grand —, the bright sunlight; il faisait un —, it was so sunny; au —, in the sun.
solennel, -le, solemn.
solide, strong.
solidité, *f.*, strength, solidity.
sombre, dark, somber.
sombrer, to sink.
somme, *f.*, sum; en —, on the whole.
somme, *m.*, nap; faire un —, to take a nap.
son, *m.*, bran, sound.
son, sa, ses, his, her, its.
sonder, to sound, fathom.
songer, to think.
sonner, to resound, sound, emit a sound, ring, ring a bell, strike (of time), rattle.
sonnette, *f.*, bell.
sort, *pres. of* sortir.
sorte, *f.*, kind, sort.
sortie, *f.*, sortie, sally, leaving; à la —, on leaving.
sortir, to go out, come out.

sou, *m.*, cent, penny; gros —, a two-cent coin.
soudain, suddenly.
souffler, to blow, whisper, pant.
souffrance, *f.*, suffering.
souffrir, to suffer.
souhaiter, to wish.
soulager, to relieve.
soupir, *m.*, sigh; pousser un —, to heave a sigh.
source, *f.*, spring.
sourd, -e, underhand, secret, dull, deaf.
sourdement, dully.
sourire, to smile.
sourire, *m.*, smile.
sous, under.
souvenir, *m.*, remembrance.
souvenir (se), to remember.
souvent, often.
souverain, -e, superlative, extreme.
souviens, *pres. of* souvenir.
souvint, *pret. of* souvenir (se).
soyeu-x, -se, silky.
spahi, *m.*, Spahi (Algerian cavalryman).
sparadrap, *m.*, soap plaster.
spectacle, *m.*, spectacle, show.
splendide, splendid.
stoïque, stoic.
stop, stop.
store, *m.*, window shade.
stupéfait, -e, stupefied, astounded.
stupeur, *f.*, stupor, astonishment.
style, *m.*, style.
subitement, suddenly.
sublime, sublime.
succès, *m.*, success.
succulent, -e, succulent.
sucre, *m.*, sugar; canne à —, sugar cane.
Sud, *m.*, South.
suédois, -e, Swedish.
suer, to sweat, perspire.

sueur, *f.,* perspiration.

suite, *f.,* continuation; **ainsi de —,** so on; **tout de —,** at once; **de —,** in succession; **à la —,** behind; **par — de,** in consequence of.

suivre, to follow.

superbe, superb.

supériorité, *f.,* superiority.

superstitieu-x, -se, superstitious.

superstition, *f.,* superstition.

supportable, endurable.

supporter, to bear, stand.

sur, on, upon, in front of, over, from.

sûr, -e, sure, certain.

sûrement, surely.

surpris, -e, surprised.

surprise, *f.,* surprise.

sursaut, *m.,* start; **en —,** with a start.

surtout, above all, especially.

surveiller, to watch.

sympathique, sympathetic.

système, *m.,* system.

T

tabac, *m.,* tobacco.

table, *f.,* table; **— de jeu,** gaming-table.

tablette, *f.,* tablet, lozenge.

tablier, *m.,* apron.

tache, *f.,* spot, stain.

tacher, to stain.

taffetassi-er, -ère, taffeta weaver.

taillis, *m.,* underwood.

taire (se), to remain silent.

talent, *m.,* talent.

taloche, *f.,* thump on the head, blow.

talon, *m.,* heel.

tambour, *m.,* drum.

tandis que, while.

tanné, -e, sunburnt.

tant, so many, so much, as much, as many; **— que,** as long as.

tantôt, presently; **—...—,** now ...then.

tapage, uproar, noise.

taper, to hit, strike.

tapis, *m.,* carpet, rug, tablecover.

tapisser, to adorn, deck, hang.

tarasconnais, -e, of Tarascon, native of Tarascon.

Tartare, *m.,* Tartar.

tas, *m.,* lot, pile, set.

te, thee, to thee.

télégramme, *m.,* telegram.

tellement, so, so much.

témoin, *m.,* witness.

tempête, *f.,* storm, tempest.

temple, *m.,* temple.

temps, *m.,* time, weather; **de — en —,** from time to time; now and then; **en même —,** at the same time; **à —,** on time.

tendre, to stretch, hold out.

tendresse, *f.,* attachment, love; **s'était pris d'une — inexplicable,** had become unaccountably fond.

tenez, see, look here.

tenir, to hold, keep, occupy, be desirous; **— bon,** to stand up for, stand one's ground, hold fast; **qu'à cela ne tienne!** never mind! that does not make any difference!

tenir (se), to sit, stand, be held; **à quoi s'en —,** what to think.

tentant, -e, tempting.

tente, *f.,* tent.

tente-abri, *f.,* tent.

tenter, to tempt, attract.

terrasse, *f.,* terrace.

terre, *f.,* land, ground; **à —,** on land; **mettre pied à —,** to land, set foot on the ground; **par —,**

en —, on the ground; **ventre à —,** at full speed.

terreur, f., terror.

terrible, terrible.

terrier, m., terrier, burrow, hole.

tête, f., head; **en —,** ahead, at the beginning; **s'étaient monté la —,** had become excited.

thé, m., tea.

théâtre, m., theater.

thym, m., thyme.

tiède, mild, warm.

tigre, m., tiger.

timidement, timidly.

tinter, to jingle, tinkle.

tirer, to draw out, draw, shoot, fence, pull.

tiroir, m., drawer.

toi, thee, thou, thyself.

toile, f., linen, cloth; **— à voiles,** duck, canvas.

toi-même, thyself.

toison, f., fleece, hair.

toit, m., roof.

tomahawk, m., tomahawk.

tombe, f., tomb, grave.

tombeau, m., tomb.

tomber, to fall.

ton, ta, tes, thy.

ton, m., tone, tone of voice.

tonnerre, m., thunder; **coup de —,** clap of thunder.

toqué, -e, crazy, cracked.

torpeur, f., torpor.

torrentiel, -le, falling in torrents.

tort, m., wrong; **avoir —,** to be wrong.

touchant, -e, touching.

toucher, to touch.

toujours, always, ever, still; **— est-il,** the fact is.

tour, m., turn, trick; **fermer la porte à double —,** to double lock the door; **fit le —,** walked around; **à son —,** in his turn;

son sang ne fit qu'un —, his blood rushed to his head.

tourbillon, m., whirlwind.

touriste, m., traveler, tourist.

tourmenter, to torment.

tourner, to turn.

tourner (se), to turn around.

tournure, f., general appearance, make up.

tout, m., every thing, whole.

tout, all, very; **— en,** while; **— comme,** all the same; **du —,** at all; **pas du —,** not at all.

tout, -e, tous, toutes, all, every.

tout à fait, quite, entirely.

toutefois, however, nevertheless.

tracer, to trace, make out.

trafiquer, to trade, deal.

tragique, tragic.

trahir, to betray.

train, m., train; **être en —,** to be doing a thing, feel like; **— de bois,** raft of logs; **fourgon du —,** army wagon; **aller son —,** to go on, proceed; **bon —,** rapidly.

traînée, f., trail.

traîner, to draw, pull, drag.

trait, m., trait; **—s,** features.

traité, m., treatise.

traiter, to treat.

tranche, f., slice.

tranquille, tranquil, quiet.

tranquillement, quietly, tranquilly.

transe, f., fright, anxiety.

transfigurer, to transfigure.

transformer, to transform.

trappiste, m., Trappist (monk).

trapu, -e, thickset.

travers (à), through, across.

traversée, f., sea voyage, passage.

traverser, to cross, traverse.

tremblant, -e, trembling.

trembler, to tremble, shake.

tremper, to dip, temper.

très, very, very much.

trésor, *m.,* treasure.

tressaillir, to tremble, start.

triangle, *m.,* triangle.

tribu, *f.,* tribe.

tribunal, *m.,* court of justice, tribunal; **en plein —,** in the very court house.

tricoter, to knit; **gilet tricoté,** knit jacket.

trinquer, to touch glasses.

triomphat-eur, -rice, triumpher.

triomphe, *m.,* triumph.

triple, triple.

tripler, to triple.

triste, sad.

trois, three; **de — à quatre,** from three to four o'clock.

troisième, third.

tromblon, *m.,* blunderbuss.

tromper, to deceive, mislead.

tromper (se), to be mistaken.

trompette, *f.,* trumpet.

trompeu-r, -se, deceitful.

trop, too, too much, too many.

trophée, *m.,* trophy.

trot, *m.,* trot; **au petit —,** on a slow trot.

trotter, to trot.

trottoir, *m.,* sidewalk.

troubler, to disturb.

trouer, to perforate, make a hole in.

troupe, *f.,* troop, number.

troupeau, *m.,* flock, herd, flight (of birds).

trouver, to find, like, think.

trouver (se), to happen, find one's self, be.

tuer, to kill.

tueur, *m.,* killer.

tumulte, *m.,* tumult.

tunique, *f.,* coat.

tunisien, -ne, Tunisian.

turban, *m.,* turban, Turkish cap.

tur-c, -que, Turkish, Turk.

Turquie, *f.,* Turkey; **— d'Asie,** Asiatic Turkey.

tut, *pret. of* **taire.**

tuya, *m.,* an ornamental wood, tuya.

type, *m.,* type.

typhon, *m.,* typhoon.

U

un, -e, a, an, one.

usage, *m.,* use, usage, custom; **à l'—,** for the use.

ustensile, *m.,* utensil.

V

va, *pres. of* **aller; —t'en!** go away!

vacance, *f.,* vacancy; **—s,** vacation.

va-et-vient, *m.,* going and coming, circulation.

vague, *f.,* wave.

vague, vague.

vaguement, vaguely.

vaillant, -e, valiant, gallant.

vain, -e, vain; **en —,** vainly, in vain.

vaincu, -e, mastered, conquered.

vainement, vainly.

vaisseau, *m.,* vessel, ship.

Valentin, *m.,* a proper name.

valoir, to be worth, be as good as; **— mieux,** to be better.

vanité, *f.,* vanity, conceit.

vapeur, *f.,* steam; **bateau à —,** steamboat.

varier, to vary.

vautré, -e, stretched out.

végétation, *f.,* vegetation.

veille, *f.,* the day before, eve.
velours, *m.,* velvet.
vendeu-r, -se, seller.
vendre, to sell.
venimeu-x, -se, venomous.
venir, to come; — **de,** to have just; **il fit** —, he had sent.
vent, *m.,* wind; **coup de** —, gale.
ventre, *m.,* abdomen, stomach.
verdure, *f.,* verdure.
vergue, *f.,* yard (of boats).
véridique, true, veracious.
vérité, *f.,* truth; **dire la** —, to speak the truth..
vernisser, to varnish, japan.
verrais, *cond. of* **voir.**
verrez, *fut. of* **voir.**
vers, towards, about.
verser, to shed, be overturned (of carriages).
vert, -e, green.
veste, *f.,* sack coat, coat.
vêtu, -e, clothed, clad.
veux, *pres. of* **vouloir.**
vexer, to vex, molest.
vibrant, -e, vibrating.
vicaire *m.,* vicar.
victime, *f.,* victim.
victuailles, *f. pl.,* provisions.
vide, empty.
vie, *f.,* life; **c'est à la — à la mort,** we are friends in life and death.
vieillard, *m.,* old man.
vieillerie, *f.,* old song, old thing.
viendrait, *cond. of* **venir.**
vierge, *f.,* maid; **sainte** —, the Virgin Mary.
vieux, vieil, -le, old, old man, old woman.
vi-f, -ve, sparkling, lively.
vigne, *f.,* vineyard, grapevine.
vigneron, *m.,* vine grower.
vigueur, *f.,* vigor, strength.
vilain, -e, ugly, homely.

villa, *f.,* villa, country house.
village, *m.,* village.
ville, *f.,* city, town; **sergent de** —, policeman; — **haute,** upper town.
vin, *m.,* wine.
vingt, twenty.
vint, *pret. of* **venir.**
violemment, violently.
violet, -te, purple.
visage, *m.,* face, visage.
viser, to aim.
visière, *f.,* visor.
visionnaire, visionary.
visite, *f.,* visit, call.
vit, *pret. of* **voir.**
vite, quickly, rapidly.
vitre, *f.,* window pane.
vitré, -e, glazed (of doors).
vivant, *m.,* living person; **bon** —, jolly companion.
vivant, -e, live.
vive! long live!
vivement, quickly.
vivre, to live.
voguer, to sail.
voici, here is; **le** —, here he is.
voie, *f.,* track (of railroads).
voilà, here is, there is, are, behold; **vous** —, here you are.
voile, *f.,* sail; **toile à —s,** canvas, duck; **toutes —s dehors,** all sails set out.
voiler (se), to become vague (of thoughts).
voir, to see.
voir (se), to be seen, show, see one's self.
voisin, -e, next, near by.
voisinage, *m.,* vicinity, neighborhood.
voiture, *f.,* carriage, coach; **en** —! all aboard!
voix, *f.,* voice; **à haute** —, aloud,
vol, *m.,* flying, flight; **au** —

while up in the air; prit son
—, started off.
voler, to steal, rob.
volet, *m.*, shutter.
voleur, *m.*, thief.
volontiers, ordinarily, willingly.
vont, *pres. of* aller.
votre, vos, your.
vôtre, le, la, —s, les, yours.
voudrais, *cond. of* vouloir.
vouloir, will, to be willing, wish,
    desire; en —, to be angry with,
    bear ill will to; s'en —, to re-
    proach one's self.
vous, you, to you.
voûte, *f.*, vault, arch.
voyage, *m.*, voyage, travel.
voyager, to travel.
voyageu-r, -se, traveler.

vrai, -e, true, real, genuine.
vue, *f.*, view, sight; à perte de —,
    as far as the eye can reach.
vulgaire, vulgar, common.

W, Y, Z

wagon, *m.*, car (of railroads).
water-proof, *m.*, waterproof over-
    coat.
y, there, it, to it, them, to them,
    of it, of them, here; il — a,
    there is, are, ago; qu'est-ce
    qu'il — a, what is the matter?
yeux, *pl. of* œil.
zoologique, zoölogical.
zouave, *m.*, Zouave.

Standard French Texts

With Notes and Vocabularies

Augier & Sandeau. Le Gendre de M. Poirier (Roedder).... **$0** 40

Bruno. Le Tour de la France (Syms)...................... 60

Chateaubriand. Les Aventures du Dernier Abencerage (Bruner). 30

Crémieux & Decourcelle. L'Abbé Constantin (François)... 35

Daudet. L'Enfant Espion and Other Stories (Goodell)........ 45

    Selected Stories (Jenkins).......... 50

    Tartarin de Tarascon (Fontaine)......................... 45

Dumas. La Tulipe Noire (Brandon)....................... 40

    Les Trois Mousquetaires (Fontaine)......................

Erckmann-Chatrian. Madame Thérèse (Fontaine)......... 50

Foa. Le Petit Robinson de Paris (De Bonneville)...........

Foncin. Le Pays de France (Muzzarelli).................... 60

Fontaine. Douze Contes Nouveaux....................... 45

Goncourt, Edmond and Jules de. Selections (Cameron)...... 1 25

Guerber. Contes et Légendes. Parts I and II. *Each*....... 60

Halévy. L'Abbé Constantin (Lovelace)....................

Labiche & Martin. Le Voyage de M. Perrichon (Castegnier) 35

La Brète. Mon Oncle et Mon Curé (White)...... 50

La Fontaine. Fables (McKenzie)..... ....

Legouvé & Labiche. La Cigale (Farrar).................. 25

Mairet. La Tâche du Petit Pierre (Healy)................. 35

    L'Enfant de la Lune (Healy)............................ 35

Mérimée. Colomba (Williamson) ....

Molière. Le Bourgeois Gentilhomme (Roi & Guitteau).......

Nodier. Le Chien de Brisquet and Other Stories (Syms)...... 35

Racine. Iphigénie (Woodward).......................... 60

Renan. Souvenirs d'Enfance et de Jeunesse (Mellé).........

Sandeau. Mademoiselle de la Seiglière (White).............

Schultz. La Neuvaine de Colette (Lye).................... 45

Sévigné, Mme. de. Selected Letters (Syms)................ 40

Voltaire. Selected Letters (Syms)........................ 75

AMERICAN BOOK COMPANY, Publishers

NEW YORK   CINCINNATI   CHICAGO

(214)

Text-Books in French

By ANTOINE MUZZARELLI

Officier d'Académie ; author of "Les Antonymes de la Langue
Française," "English Antonymes," "French Classics," etc.

MUZZARELLI'S ACADEMIC FRENCH COURSE—First Year . $1.00
    Second Year 1.00
    Keys to First and Second Years .   .   .   Each, 1.00

The Academic French Course embodies in two books a
complete system of instruction in the French language for
English-speaking pupils. The course is remarkable for the
simplicity of its grammatical treatment and for the carefully selected vocabulary employed in the exercises and
translations. It is eminently practical, advancing in a
constant gradation from the easiest of first steps to those
more difficult. Only essential rules are given, and those
in the most concise form. Besides the usual grammatical
drill, it includes lessons in conversational form, entitled
"A Trip to Paris," replete with information of the most
practical kind and largely increasing the student's vocabulary with an extensive variety of expressions in daily use
among the educated classes in France.

MUZZARELLI'S BRIEF FRENCH COURSE $1.25

This is prepared on the same general lines, and though
brief is comprehensive. The grammatical topics discussed
have been wisely chosen, and all topics of primary importance are fully treated. The exercises in reading and
writing French furnish abundant practice on all points of
syntax. The book contains a valuable chapter on French
Phonetics, as well as the poetry prescribed for memorizing
by the Regents of the University of the State of New York.
It is especially noteworthy in that it conforms in all re-
spects to the radical reform incorporated in the new laws
of syntax officially promulgated by the Minister of Public
Instruction of the French Republic, on March 11, 1901.

Copies will be sent, prepaid, on receipt of the price.

American Book Company

New York   Cincinnati   •   Chicago

For Teachers of French

Introductory French Prose Composition - - **25 cents**

Advanced French Prose Composition - - **80 cents**

By VICTOR E. FRANÇOIS

Instructor in French in the University of Michigan

THESE BOOKS furnish ample materials for thorough drill on the constructions and idioms of the French language, embodied in a large variety of entertaining and helpful exercises.

The first book, by the use of a connected story, maintains a unity of thought and interest throughout the reading lessons. It offers, in addition:—Progressive Grammar Exercises in connection with a thorough review of the subjects indicated at the head of the French text; Progressive Exercises in Transposition, which will be found the best possible means for the quick and intelligent mastering of French verbs; Questions for drill on the text of the Transposition Exercises; Grammar drills for the purpose of a systematic review of the elements of French grammar; Exercises in Translation and for General Review, so that the pupil may be perfectly familiarized with all important words, constructions, and idiomatic expressions; and a Vocabulary of all the French words used in the book.

The second book is designed for the second year in colleges, or the third and fourth years in high schools. Grammar reviews are combined with translation work, based on selections in French, and suggestive questions refer to these selections. Numerous references are made to the new grammatical rules promulgated by the Minister of Public Instruction of France in his decree of February 26, 1901, the more important of these rules being given in full. Especial attention is paid to idiomatic expressions, which are used wherever possible, and afford a most valuable training to the student.

American Book Company

New York • Cincinnati • Chicago

New Text-Books in German

By I. KELLER

Professor of the German Language and Literature in the Normal College,
New York.

KELLER'S FIRST YEAR IN GERMAN

Cloth, 12mo, 290 pages $1.00

KELLER'S SECOND YEAR IN GERMAN

Cloth, 12mo, 388 pages 1.20

These two books furnish a systematic and thorough course for beginners in German. They combine the best features of both the grammatical and natural methods of teaching. The lessons in each book afford suitable material for practice in reading, for oral and written exercises and translations, for conversational exercises, and for grammatical study. The student is encouraged from the first to speak and write German as the best means of gaining an intelligent knowledge and use of the language.

KELLER'S BILDER AUS DER DEUTSCHEN LITTERATUR

Linen, 12mo, 225 pages . . . . 75 cents

The plan of this work will commend itself to teachers who believe that the teaching of German literature should concern itself with the contents and meaning of the great works themselves more than with a critical study of what has been said about the works. With this aim the author gives a survey of the language and literature at its most important epochs, selecting for detailed study the chief works of each period and writer. A summary of the contents of each work so treated is given, generally illustrated by a quotation from the work.

The simplicity of the treatment and language adapts this work for younger students as well as for those of more advanced grades.

Copies of any of the above books will be sent, prepaid, to any address on receipt of the price by the Publishers :

American Book Company

New York • Cincinnati • Chicago

Standard German Texts

American Book Company

NEW YORK   CINCINNATI   CHICAGO

Germania Texts

EDITED BY A. W. SPANHOOFD

These texts include important and interesting chapters from the works of the best German authors, and are intended for advanced students in Academies, Colleges, Universities, and German-American schools, who wish to make a thorough study of German Literature. They are issued in pamphlet form at a uniform price of **ten cents.**

The series embraces the following works :

1. SCHMIDT. BÜRGERS LENORE. With Sketch of Bürger's Life and Works and Extracts from ERICH SCHMIDT's celebrated essay.
2. GERVINUS. VERGLEICHUNG GOETHES UND SCHILLERS; LESSINGS UND HERDERS.
3. CHOLEVIUS. KLOPSTOCKS BEDEUTUNG FUR SEIN ZEITALTER.
4. KURZ. REINEKE FUCHS.
5. GOETHE. DIE KRÖNUNG JOSEFS II. With Notes.
6. GERVINUS. LESSINGS DRAMATURGIE, and KURZ. LESSINGS MINNA VON BARNHELM.
7. KHULL. MEIER HELMBRECHT.
8. GOETHE. WIELAND. From the Gedächtnisrede.
9. KURZ. WIELANDS OBERON.
10. SCHILLER. LIED VON DER GLOCKE. With Notes. A. W. SPANHOOFD.
11. HERBST. MATTHIAS CLAUDIUS ALS VOLKSDICHTER.
12. SCHILLER. DIE KRANICHE DES IBYKUS and DAS ELEUSISCHE FEST. With Notes. A. W. SPANHOOFD.

Copies of any of the Germania Texts will be sent prepaid to any address on receipt of the price (10 cents) by the Publishers :

American Book Company

New York - Cincinnati • Chicago

(224)

COMMERCIAL GERMAN

By ARNOLD KUTNER

High School of Commerce, New York City

Cloth, 12mo, 404 pp., with vocabulary. Price, $1.00

THIS book is intended for use in commercial schools and in commercial courses of high schools, and is designed to furnish much information which will prove useful in later business life. It is the first attempt to introduce American students to a foreign language by means of its commercial vocabulary.

The book, which is complete in itself, is divided into two parts. Part I. contains the elements of commercial German, and is designed to carry the student to the threshold of business correspondence. Each of the sixteen lessons contains a reading lesson, special vocabulary, exercise on grammar, and questions. Following these are thirty-one brief grammatical tables of the principal parts of speech, with references to the reading lessons which illustrate them.

Part II. is intended to widen the commercial vocabulary by means of reading selections dealing with German business customs and institutions. It is, moreover, devoted to the study of commercial correspondence, business forms, documents, newspaper articles, and advertisements. Selections 1 to 20 are intended to form the center of instruction and to provide material for re-translation, reproduction, composition, and conversation. A vocabulary and a list of strong, mixed, and irregular verbs completes the book.

Write for illustrated descriptive catalogue of Modern Language publications.

AMERICAN BOOK COMPANY

NEW YORK · CINCINNATI · CHICAGO
BOSTON · ATLANTA · DALLAS · SAN FRANCISCO

(226)

A Spanish Grammar

FOR THE USE OF SCHOOLS AND COLLEGES

By SAMUEL GARNER, Ph.D.

Recently Professor of Modern Languages U. S. Naval Academy

Cloth, 12mo, 415 pages . . . . Price, $1.25

This grammar gives, in clear and concise outline, the essential features of the language. The author combines, in an unusual degree, an intimate knowledge of the Spanish language and of its idioms rarely found save in a native Spaniard, with the pedagogical devices and the insight into the needs of American students which only an American instructor of long experience can possess. The union of these two features places the book in the front rank of practical working text-books.

An especially serviceable feature of the book is the introduction of numerous business letters and forms, copied from those actually used by one of the leading Spanish firms in this country. Both the exercises and the Spanish reading matter, covering, as they do, a very wide range of subjects, embrace many features which serve as an introduction to an acquaintance with the commercial and social life of Spanish-speaking countries. No other grammar so thoroughly meets this want, and a mastery of its contents will place the student in a position where he may readily develop and apply his linguistic knowledge along these lines.

In view of the constantly growing importance of our relations with our Spanish-speaking possessions and neighbors, a book which will equip the student thoroughly with an accurate and ready knowledge of the language both for reading and conversation is an essential in all schools. Embodying methods employed and tested in many years of class-room instruction, this is such a book, and its use cannot fail to give results amply proportionate to the study expended on it.

Copies sent, prepaid, to any address on receipt of price by the Publishers:

American Book Company

New York   Cincinnati   •   Chicago

(232)

Outlines of Botany

FOR THE

HIGH SCHOOL LABORATORY AND CLASSROOM

BY

ROBERT GREENLEAF LEAVITT, A.M.

Of the Ames Botanical Laboratory

Prepared at the request of the Botanical Department of Harvard
University

LEAVITT'S OUTLINES OF BOTANY. Cloth, 8vo. 272 pages . $1.00

With Gray's Field, Forest, and Garden Flora, 791 pp. . . 1.80
With Gray's Manual, 1087 pp. 2.25

This book has been prepared to meet a specific demand. Many
schools, having outgrown the method of teaching botany hitherto
prevalent, find the more recent text-books too difficult and comprehensive
for practical use in an elementary course. In order, therefore, to adapt
this text-book to present requirements, the author has combined with
great simplicity and definiteness in presentation, a careful selection and
a judicious arrangement of matter. It offers

1. A series of laboratory exercises in the morphology and physiology
of phanerogams.
2. Directions for a practical study of typical cryptogams, represent-
ing the chief groups from the lowest to the highest.
3. A substantial body of information regarding the forms, activities,
and relationships of plants, and supplementing the laboratory
studies.

The laboratory work is adapted to any equipment, and the instruc-
tions for it are placed in divisions by themselves, preceding the related
chapters of descriptive text, which follows in the main the order of
topics in Gray's Lessons in Botany. Special attention is paid to the
ecological aspects of plant life, while at the same time morphology and
physiology are fully treated.
There are 384 carefully drawn illustrations, many of them entirely
new. The appendix contains full descriptions of the necessary laboratory
materials, with directions for their use. It also gives helpful sugges-
tions for the exercises, addressed primarily to the teacher, and indicating
clearly the most effective pedagogical methods.

Copies sent, prepaid, on receipt of price.

American Book Company

New York   -   Cincinnati   •   Chicago
(178)

A New Astronomy

BY

DAVID P. TODD, M.A., Ph.D.
Professor of Astronomy and Director of the Observatory, Amherst College.

Cloth, 12mo, 480 pages.   Illustrated - - Price, $1.30

This book is designed for classes pursuing the study in High Schools, Academies, and Colleges.   The author's long experience as a director in astronomical observatories and in teaching the subject has given him unusual qualifications and advantages for preparing an ideal text-book.

The noteworthy feature which distinguishes this from other text-books on Astronomy is the practical way in which the subjects treated are enforced by laboratory experiments and methods.   In this the author follows the principle that Astronomy is preëminently a science of observation and should be so taught.

By placing more importance on the physical than on the mathematical facts of Astronomy the author has made every page of the book deeply interesting to the student and the general reader.   The treatment of the planets and other heavenly bodies and of the law of universal gravitation is unusually full, clear, and illuminative.   The marvelous discoveries of Astronomy in recent years, and the latest advances in methods of teaching the science, are all represented.

The illustrations are an important feature of the book. Many of them are so ingeniously devised that they explain at a glance what pages of mere description could not make clear.

Copies of Todd's New Astronomy will be sent, prepaid, to any address on receipt of the price by the Publishers:

American Book Company

NEW YORK   •   CINCINNATI   •   CHICAGO

(182)

Birds of the United States

A Manual for the Identification of Species East of the Rocky Mountains

By AUSTIN C. APGAR
Author of "Trees of the Northern United States," etc.

Cloth, 12mo, 415 pages, with numerous illustrations. Price, $2.00

The object of this book is to encourage the study of Birds by making it a pleasant and easy task.   The treatment, while thoroughly scientific and accurate, is interesting and popular in form and attractive to the reader or student.   It covers the following divisions and subjects :

PART I.   A general description of Birds and an explanation of the technical terms used by ornithologists.

PART II.   Classification and description of each species with Key.

PART III. The study of Birds in the field, with Key for their identification.

PART IV. Preparation of Bird specimens.

The descriptions of the several species have been prepared with great care and present several advantages over those in other books.   They are short and so expressed that they may be recalled readily while looking at the bird.   They are thus especially adapted for field use.   The illustrations were drawn especially for this work.   Their number, scientific accuracy, and careful execution add much to the value and interest of the book.   The general Key to Land and Water Birds and a very full index make the book convenient and serviceable both for the study and for field work.

Apgar's Birds of the United States will be sent, prepaid, to any address on receipt of the price by the Publishers:

American Book Company

NEW YORK   •   CINCINNATI   •   CHICAGO
(168)

A DESCRIPTIVE CATALOGUE OF HIGH SCHOOL AND COLLEGE TEXT-BOOKS

WE issue a complete descriptive catalogue of our text-books for secondary schools and higher institutions, illustrated with authors' portraits.

For the convenience of teachers, separate sections are published, devoted to the newest and best books in the following branches of study:

ENGLISH
MATHEMATICS
HISTORY AND POLITICAL SCIENCE
SCIENCE
MODERN LANGUAGES
ANCIENT LANGUAGES
PHILOSOPHY AND EDUCATION

If you are interested in any of these branches, we shall be very glad to send you on request the catalogue sections which you may wish to see. Address the nearest office of the Company.

AMERICAN BOOK COMPANY
Publishers of School and College Text-Books
NEW YORK   CINCINNATI   CHICAGO

Boston   Atlanta   Dallas   San Francisco

(312)

HIGH

OOKS

of ou

ighet,

tions

ooks